어린이 과학 형사대
CSI ㉖

 CSI, 경찰서에 파견되다!

어린이 과학 형사대 CSI ㉖

초판 1쇄 발행 | 2014년 9월 5일
초판 13쇄 발행 | 2022년 11월 17일

지은이 | 고희정
그린이 | 서용남
감 수 | 곽영직(수원대학교 물리학과 교수)

펴 낸 곳 | (주)가나문화콘텐츠
펴 낸 이 | 김남전
편 집 장 | 유다형
편   집 | 김아영
디 자 인 | 양란희
마 케 팅 | 정상원 한웅 정용민 김건우
경영관리 | 임종열 김다운

출판 등록 | 2002년 2월 15일 제10-2308호
주   소 | 경기도 고양시 덕양구 호원길 3-2
전   화 | 02-717-5494(편집부) 02-332-7755(관리부)
팩   스 | 02-324-9944
홈페이지 | ganapub.com
이 메 일 | ganapub@naver.com

ⓒ 고희정·서용남, 2014

ISBN 978-89-5736-681-3 (74400)
     978-89-5736-440-6 (세트)

* 책값은 뒤표지에 표시되어 있습니다.
* 이 책의 내용을 재사용하려면 반드시 저작권자와 (주)가나문화콘텐츠 양측의 동의를 얻어야 합니다.
* 잘못된 책은 구입하신 서점에서 바꾸어 드립니다.
* '가나출판사'는 (주)가나문화콘텐츠의 출판 브랜드입니다.

이 도서의 국립중앙도서관 출판시도서목록(CIP)은 서지정보유통지원시스템 홈페이지(http://seoji.nl.go.kr)와
국가자료공동목록시스템(http://www.nl.go.kr/kolisnet)에서 이용하실 수 있습니다. (CIP제어번호: CIP2014023954)

- 제조자명: (주)가나문화콘텐츠
- 주소 및 전화번호: 경기도 고양시 덕양구 호원길 3-2 / 02-717-5494
- 제조연월: 2022년 11월 17일
- 제조국명: 대한민국
- 사용연령: 4세 이상 어린이 제품

어린이 과학 형사대
CSI 26

 CSI, 경찰서에 파견되다!

글 고희정 | 그림 서용남
감수 곽영직(수원대학교 물리학과 교수)

가나출판사

주인공 소개

고차원 (화학 형사)
잘난 척이 심해 얄밉기도 하지만 알고 보면 순수하다. 다른 사람의 입장을 이해하기 시작하면서 조금씩 철이 든다.

강태산 (물리 형사)
한국인 아빠와 일본인 엄마 사이에서 태어난 아이. 모든 일에 관심 없는 척 삐딱하게 행동했었지만 점점 마음을 열어 간다.

한마리 (생물 형사)
엄마의 뺑소니 교통사고 장면을 목격한 아이. 아픈 과거에도 긍정적이고 밝은 성격으로 자라 뺑소니범을 잡겠다고 다짐한다.

은하수 (지구과학 형사)
부끄러움도 잘 타고 무서운 것도 많고 눈물도 잘 흘리는 아이. 하지만 자기가 원하는 것만은 똑똑히 얘기한다.

CSI

CSI 1기 형사들
- 한영재
- 이요리
- 반달곰
- 나혜성

CSI 2기 형사들
- 황수리
- 양철민
- 신태양
- 강별

형사 학교 학생들
- 최운동
- 장원소
- 소남우
- 송화산

CSI 어린이 형사 학교 선생님들
- 공차심 교장
- 어수선 교감
- 신기한 형사

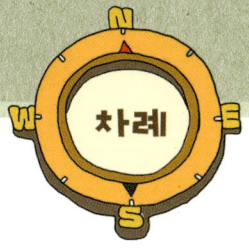

- 희망이 있다는 것 6

 사건 1 위험에 빠진 목격자 12
　　　　　핵심 과학 원리 – 열에 의한 부피 변화

　　　　차원이가 들려주는 사건 해결의 열쇠 48

 사건 2 멋진 선후배 52
　　　　　핵심 과학 원리 – 부력

　　　　태산이가 들려주는 사건 해결의 열쇠 88

 사건 3 좀도둑을 잡아라! 92
　　　　　핵심 과학 원리 – 배설과 오줌

　　　　마리가 들려주는 사건 해결의 열쇠 128

 사건 4 폭발을 막아라! 132
　　　　　핵심 과학 원리 – 운석

　　　　하수가 들려주는 사건 해결의 열쇠 168

- 두근거리는 마음 172

- 특별 활동 : CSI, 함께 놀며 훈련하다! 178

- 찾아보기 188

희망이 있다는 것

핵심 과학 원리 | 열에 의한 부피 변화

위험에 빠진 목격자

"목격자라는 사람이 약속 장소에 나오지 않았어."
공 교장이 말을 이었다.
"알아보니 전화도 공중전화였다는구나."
마리는 실망했다. 많이 기대했던 만큼 더 기운이 빠졌다.

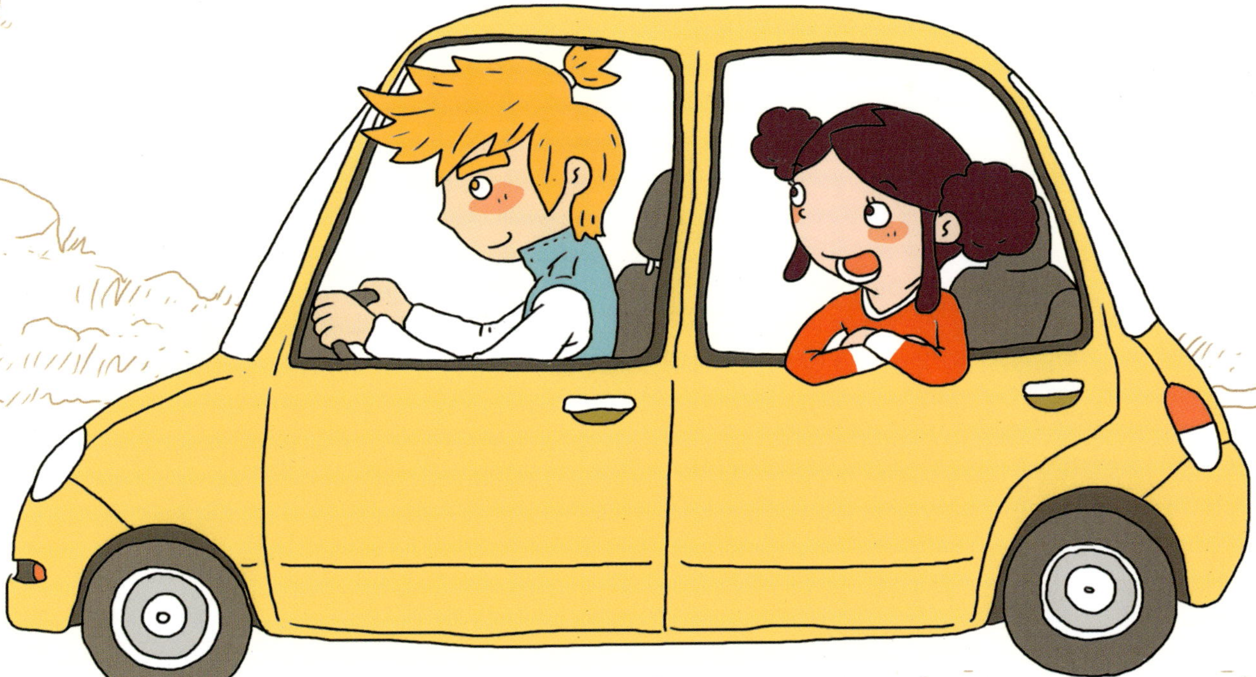

 희망에서 실망으로

 다음 날 아침. 개학식을 마치고 곧바로 수업이 시작되어 아이들은 하루 종일 바빴다. 하지만 마리는 저녁에 목격자를 만나기로 했다는 원 반장의 말이 계속 신경 쓰였다. 드디어 저녁 5시. 원 반장이 목격자를 만나기로 한 바로 그 시각이 됐다. 마리는 가슴이 뛰었다.
 '진짜 범인을 본 사람이었으면 좋겠다.'
 그런 생각으로 원 반장에게서 연락이 오길 기다렸지만 저녁 7시가 다 되도록 연락이 없었다. 더 이상 기다리지 못하고 공 교장에게 갔더니 원 반장이 이미 와 있는 게 아닌가. 마리는 불길한 예감이 들었다.
 "왜 벌써 오셨어요?"
 원 반장이 답했다.
 "목격자라는 사람이 약속 장소에 나오지 않았어."
 공 교장이 말을 이었다.
 "알아보니 전화도 공중전화였다는구나."
 마리는 실망했다. 많이 기대했던 만큼 더 기운이 빠졌다. 마리가 물었다.

"그럼 이제 어떻게 하죠?"

"일단 오지만을 살펴보면서 기다려 봐야지. 목격자한테 다시 연락이 올지도 모르니까."

기숙사 휴게실에 돌아오자 하수가 마리를 반겼다.

"마리야, 차원이가 아이스크림 사 왔어. 같이 먹자."

그러나 마리는 그럴 기분이 아니었다.

"미안. 너희끼리 먹어. 난 방에서 쉴게."

아이들은 아까 마리에게 원 반장이 엄마의 뺑소니 사고 목격자를 만날 거라는 이야기를 들었었다. 그렇지 않아도 어떻게 됐나 궁금했는데, 마리의 표정만으로도 일이 잘 풀리지 않은 걸 알 수 있었다. 하수가 벌떡 일어나며 말했다.

"문제가 생겼나? 내가 물어보고 와야……."

차원이가 하수를 말렸다.

"그냥 두자. 지금 말하고 싶지 않은 것 같아."

태산이는 역시나 싶었다. 마리의 마음까지 세심하게 신경 쓰는 차원이. 마리의 일이라면 제일 먼저 나서서 걱정하는 모습이 이제야 눈에 들어왔다. 장난기가 발동한 태산이가 일부러 아이스크림 통 뚜껑을 열며 말했다.

"어쩔 수 없지. 우리끼리 먹자."

차원이는 얼른 아이스크림 통을 뺏었다.

"우리 내일 아침에 먹자. 나도 지금은 별로야."

그러더니 냉큼 아이스크림을 냉장고에 넣어 버리는 게 아닌가. 태산이는 웃음이 나왔다. 차원이의 모습이 귀엽기까지 했다. 차원이는 멋쩍은지 방으로 들어가며 말했다.

"나도 공부나 해야겠다."

차원이가 들어가고 태산이와 하수가 단둘이 남게 되자 어색한 분위기가 흘렀다. 어제까지만 해도 아무렇지 않았던 태산이지만 하수의 마음을 눈치채고 나니 왠지 예전 같지 않았다. 하수도 어색했는지 벌떡 일어나며 말했다.

"태산아, 우리도 공부나 하자."

"어, 그, 그래."

그렇게 개학 첫날이 지나갔다.

다음 날, 마리에게 목격자가 나타나지 않았다는 얘기를 듣고 아이들은 마리를 위로했다. 곧 다시 좋은 소식이 있을 거라고.

다행히 이틀 후 공 교장이 목격자가 만나자는 연락을 다시 해 왔다는 소식을 전해 줬다. 마리가 부탁했다.

"저도 같이 가면 안 될까요? 원 반장님이 만나는 동안 주변에 누가 없는지 살펴볼게요."

혹시 목격자가 신변의 위협을 받고 있지 않은지 알아보기 위해서였다. 결국 원 반장은 목격자가 만나자고 한 수리동의 한 카페로 들어가고, 공 교장과 마리는 카페가 잘 보이는 곳에 각자 자리를 잡았다. 그리고 주위를 살폈다. 그런데 약속 시간인 5시가 한참 지나 5시 반이 넘도록 목격자는 오지 않았고 주변에 수상한 사람도 보이지 않았다.

6시가 가까워졌을 때 공 교장이 철수 명령을 내렸다. 차에 모이자 공 교장이 물었다.

"전화 왔을 때 위치 추적했지? 어디였어?"

"경기도 남양주의 한 공중전화였어요."

공중전화에서 전화했다는 것은 자신의 위치와 신분을 알리고 싶지 않다는 뜻. 공 교장이 말했다.

"가 보기나 하지."

셋은 목격자가 원 반장에게 전화한 남양주의 공중전화를 찾아갔다.

지하철 역 근처에 있는 공중전화였다. 오늘 아침 10시쯤 전화가 왔다니 그 시간에 공중전화에서 전화를 거는 사람을 보지 않았는지 주변 가게를 다니며 물었다. 하지만 기억하는 사람이 아무도 없었다. 그렇게 목격자와의 만남은 또다시 물거품이 되고 말았다.

 위험에 빠진 마리

마리는 안 되겠다 싶었다. 일단 오지만이라도 봐야겠다는 생각이 들어 다음 날 원 반장을 찾아갔다.

"오지만을 보고 싶다고? 그건 위험해."

"그냥 멀리서 보고만 올게요. 들키지 않게 조심할게요. 제가 본 사람이 맞는지 확인해 보고 싶어요."

"뒷모습만 봤다면서. 게다가 6년이나 지났는데 기억할 수 있겠어?"

하지만 마리는 고집을 굽히지 않았다.

"그래도 한 번 보고 싶어요."

원 반장은 할 수 없이 오지만의 주소를 가르쳐 주었다.

"절대 앞에 나서면 안 돼. 알았지?"

"네. 걱정 마세요."

학교에서는 아이들이 수업이 끝나자마자 사라진 마리를 찾고 있었다. 전화도 안 받는 게 이상했다. 차원이가 하수에게 물었다.

"어디 간다는 말도 없었어?"

"응. 어제도 목격자가 안 나타나서 굉장히 우울해했거든. 그래도 아침엔 기분이 좀 나아진 것 같았는데……."

요사이 마리가 실망을 많이 했고, 또 이전까지 아무 말도 없이 사라진 적이 한 번도 없었기 때문에 아이들은 많이 걱정됐다. 그래서 신 형사에게 사실을 알리고 도움을 청했다.

신 형사가 교장실로 가서 전하자 공 교장은 혹시나 해서 원 반장에게 전화했다. 그러자 원 반장이 마리가 오지만을 찾아갔다고, 자신이 주소를 알려 줬다고 했다. 공 교장은 버럭 화를 냈다.

"뭐? 오지만 주소를? 그걸 가르쳐 주면 어떡해!"

"저도 안 된다고 했는데 하도 고집을 피워서요. 그냥 보고만 오겠다고 했어요."

전화를 끊었지만 공 교장은 마음이 영 불안했다. 만약 오지만이 뺑소니 범인이 맞다면 마리를 알아보지나 않을까 걱정이 됐다.

"가 봐야겠어."

공 교장이 나서자 어 교감이 얼른 말렸다.

그걸 왜 가르쳐 줬어!

"쌤은 더 위험해요. 아직 증거도 없는데, 오지만이 쌤을 보면 또 무슨 일을 꾸밀지 몰라요."

그렇다. 교활한 오지만이 공 교장을 보기라도 하면 뭔가 눈치채고 도망갈 수도 있다. 그러니 확실한 증거를 찾기 전까지는 재수사를 시작했다는 걸 알게 해서는 안 된다. 신 형사가 나섰다.

"제가 가 보겠습니다."

공 교장은 할 수 없이 신 형사에게 부탁했다. 신 형사가 교장실에서 나오자 차원이가 다급하게 물었다.

"마리, 어디 있는지 알아내셨어요?"

"오지만한테 갔답니다. 멀리서 보기만 하겠다고요."

하수가 걱정스런 표정으로 말했다.

"그러다 잡히면 어떡하려고……."

신 형사가 말했다.

"내가 가 볼 테니 걱정 말아요."

그러자 차원이도 나섰다.

"저도요. 저도 갈게요."

결국 모두 같이 가기로 했다. 신 형사와 아이들은 곧바로 인천 용두동에 있는 오지만의 치킨 집으로 갔다. 시간은 벌써 7시 반이 넘어 어둑어둑해지고 있었다.

가게는 생각보다 작았다. 치킨 집이긴 한데, 저녁때 생맥주를 위주로

파는 가게였다. 가게 안을 살펴보니 손님이 한 테이블밖에 없었다. 그리고 주방 쪽에 앞치마를 두른 남자가 한 명 있고, 홀에는 서빙을 하는 젊은 남자 둘이 있었다.

그러나 마리는 보이지 않았다. 전화해 봐도 여전히 받지 않았다. 주변 길가를 다 돌며 찾아봤지만 없었다. 신 형사가 말했다.

"벌써 왔다 간 거 아닐까요?"

하지만 차원이는 걱정이 됐다.

"설마 오지만한테 들킨 건 아니겠죠?"

"오지만이 마리가 누군지 알 리 없잖아. 그리고 혹시 알았다고 하더라도 지금 가게 안의 분위기로는 별일 없었던 것 같은데."

태산이가 차원이를 안심시켰다. 그때 신 형사의 휴대전화가 울렸다.

위험에 빠진 목격자 21

"마리, 왔어."

공 교장이었다. 마리가 방금 학교로 돌아왔다는 것이다. 서로 길이 엇갈린 모양이었다. 그리고 전화는 배터리가 다 닳아서 못 받은 거라고 했다.

"휴우!"

차원이는 저도 모르게 안도의 한숨을 내쉬었다. 태산이는 '어쩜 저리도 마음을 숨기지 못할까?' 싶어 또 웃음이 나왔다. 하수는 마리가 부러웠다. 저렇게 걱정해 주는 사람이 옆에 있다는 사실만으로도 행복한 일이 아닌가. 물론 신 형사도 웃음이 나왔다. 자신의 마음을 아무도 모를 거라고 생각하는 차원이가 귀여웠.

학교에 돌아오니 마리가 기숙사 현관에서 기다리고 있었다. 그리고 아이들을 보자마자 달려와 말했다.

"죄송해요, 신 형사님. 미안해, 얘들아. 나 때문에 걱정했지?"

신 형사가 대답했다.

"아니, 괜찮아요. 정말 보기만 하고 온 거예요?"

"네. 그런데 잘 모르겠어요. 그 남자인지, 아닌지."

마리가 실망한 목소리로 대답했다. 그때였다. 차원이가 아무 말도 없이 마리 앞을 쌩하니 지나가 버리는 것이었다. 아주 화난 표정으로. 마리가 놀라 물었다.

"차원이 왜 그래? 화 많이 났어?"

모두 할 말이 없었다. 차원이가 너무 걱정한 나머지 화가 난 것이라고, 그게 다 마리를 좋아하기 때문이라고 얘기할 수는 없지 않은가. 하수가 에둘러 말했다.

"차원이가 네 걱정 많이 했어."

그러자 태산이가 놀리듯 말했다.

"그렇지. 많이 했지. 아주 많이 했지."

마리는 아이들의 말투가 왠지 이상하게 느껴졌다.

"그게 무슨 뜻이야?"

"아유, 너 정말 몰라? 차원이가……. 아이참, 내가 먼저 말할 수도 없고……."

하수가 답답해했다.

"다른 건 다 빠르면서 어째 그건 나보다 더 둔하냐?"

태산이까지 핀잔을 주더니 방으로 들어가 버렸다.

마리는 도대체 무슨 소린지 이해할 수 없었다. 그런데 방에 와 곰곰이 생각해 보니 차원이가 화내는 이유가 분명히 있을 것 같았다. 아이들의 반응도 어딘가 이상했다. 그러다 문득 떠올랐다.

'혹시 차원이가 나를? 에이, 말도 안 돼.'

그러고 보니 차원이가 살뜰히 챙겨 주는 느낌을 자주 받긴 했다. 하지만 마리의 신경이 온통 다른 데 가 있었으니 그걸 알아챌 여유가 없었다. 만약 마리의 짐작이 맞다면 아까의 반응을 봐서는 하수는 물론 태산이와 신 형사까지 다 알고 있는 게 분명하다. 마리는 창피했다. 어쩜 그렇게 둔했나 싶었다.

'이제 어떡하지?'

차원이에게는 미안한 일이지만 마리는 차원이를 한 번도 친구 이상으로 생각해 본 적이 없었다. 또 지금은 다른 일에 신경 쓸 여유도 없다. 그러니 미안하지만 그냥 모른 척할 수밖에 없다.

 ## 목격자를 찾아라!

　다음 날부터 서로의 마음을 모르는 척하고 지내느라, 아이들 사이에는 어색한 기운이 계속 감돌았다. 하지만 누구 하나 먼저 나서지는 않았다. 뭐 얘기한다고 쉽게 결론이 날 문제는 아니니까. 그렇게 하루하루가 지났다. 원 반장은 그사이 계속 오지만을 지켜보고 있었는데, 아직 별다른 움직임이 없다고 했다.

　그런데 일주일째 아침, 원 반장이 공 교장에게 다급하게 전화했다.

　"방금 전에 목격자가 연락을 했어요. 강원도 정선의 펜션에 있대요. 위치 찾기 해 보니까 전화 온 곳도 정선, 맞아요. 어떡할까요?"

　"어떡하긴, 가 봐야지. 신 형사랑 같이 가 봐."

　강원도까지 가야 하는 일에 원 반장을 혼자 보내기는 불안했기 때문이다. 그런데 이야기를 들은 마리가 나섰다.

　"저도 갈래요."

　그러자 다른 아이들도 같이 가겠다고 나섰다.

　결국 원 반장과 신 형사 그리고 아이들이 함께 가기로 했다. 곧바로 정선으로 출발해 펜션을 찾아갔다. 예상보다 산속으로 한참 들어간 뒤에야 펜션이 나타났다. 이런 외진 데에 뭐가 있을까 싶은 곳에 있었다. 혹시나 하는 마음에 신 형사와 아이들은 미리 내려 몸을 숨기고, 원 반장 혼자 들어가 보기로 했다.

그런데 들어간 지 얼마 안 돼 원 반장이 다시 터덜터덜 나오는 게 아닌가. 차원이가 보고 말했다.

"뭐야, 이번에도 바람맞힌 거야?"

그러게 말이다. 벌써 세 번째. 아무래도 누군가 일부러 이런 일을 꾸미는 건 아닐까? 아이들에게 다가온 원 반장이 말했다.

"주인 얘기로는 3일 전에 여기 왔는데 오늘 아침에 나갔대. 나한테 전화한 게 아침 8시 24분이었는데, 여기서 나간 건 9시쯤이래."

지금 시간은 11시 10분. 그렇다면 2시간 10분이나 지났으니 다시 어디로 갔는지는 알 길이 없다. 숨바꼭질하는 것도 아니고 도대체 왜 자꾸 숨는지 아이들은 궁금했다.

"그럼 여기까지 왜 부른 거지?"

태산이가 의문을 제기하자 하수가 의견을 말했다.

"이유가 있을 것 같긴 한데……. 뭔가 단서를 남겨 두지 않았을까?"

그럴 수도 있다. 그래서 원 반장은 주변을 둘러보기로 하고, 신 형사와 아이들은 남자가 묵었던 방을 보기 위해 펜션으로 들어갔다.

"오늘 아침까지 여기 묵었던 사람, 방 좀 볼 수 있을까요?"

마리가 묻자, 금방 얼굴에 핏기가 없어지는 주인아주머니.

"아, 그 방은……."

태산이는 뭔가 석연치 않은 느낌을 받았다.

"벌써 방을 치웠나요?"

"아니, 그건 아니고……."

"그럼 좀 들어가 볼게요."

신 형사가 말하자 아주머니는 할 수 없이 허락했다. 하지만 방에서는 단서가 될 만한 증거물이나 편지 같은 게 전혀 나오지 않았다.

정말 장난을 치고 있단 말인가. 그렇다면 또 어디로 갔을까? 아무것도 남기지 않고 떠나려면 왜 여기까지 불렀을까?

거실을 둘러보던 태산이가 의견을 말했다.

"누군가에게 쫓겨 도망 다니는 건 아닐까? 지난번엔 남양주에서 전화했다면서. 이번엔 정선. 게다가 이 깊은 산속까지 들어와 우리를 부른 걸 보면 말이야."

마리도 동의했다.

"그래. 누군가에게 쫓기는 게 분명해."

그때였다. 방 안을 둘러보던 차원이가 아이들을 불렀다.

"여기, 여기 좀 와 봐."

뭔가 발견한 걸까? 우르르 방으로 들어가니, 차원이가 말했다.

"그 남자, 여기 떠난 지 얼마 안 됐어."

"정말?"

아이들이 놀라 동시에 물었다.

"그래. 이걸 보면 알 수 있어."

차원이가 가리킨 것은 바로 방 안의 온도를 조절해 주는 자동 온도 조절 장치.

"여기 봐. 아직 희망 온도가 안 됐잖아. 자동 온도 조절 장치에는 바이메탈이 들어 있거든."

"바이메탈? 그게 뭔데?"

마리의 질문에 차원이가 설명했다.

"물 이외의 모든 물질은 열을 받으면 부피가 늘어나. 금속도 마찬가지지. 그런데 금속의 종류마다 늘어나는 비율, 즉 열팽창률이 달라. 바이메탈은 열팽창률이 다른 두 금속을 마주 붙여 놓은 거야. 여기에 열을 가하면 열팽창률이 큰 금속은 많이 늘어나고, 열팽창률이 작은 금속은 조금 늘어나면서 휘어지게 되지."

태산이가 물었다.

"그런데 바이메탈이 어떻게 온도를 자동으로 조절한다는 거야?"

"바이메탈이 스위치 같은 역할을 하거든. 전원이 연결돼 열이 공급되면 온도가 올라가다가 일정한 온도에 이르면 바이메탈이 구부러져. 그러면 회로가 끊어져 전류의 공급이 차단되고 차차 금속이 식으면서 다시 제 모양으로 돌아와. 그럼 회로가 연결돼 또다시 열이 공급되지. 이런 식으로 계속 일정한 온도를 유지하는 거야."

하수가 물었다.

"희망 온도가 26도인데, 현재 방 안의 온도는 21도. 아직 희망 온도가 안 된 이유가 뭐야?"

차원이가 설명했다.

"생각해 봐. 주인아주머니 말대로 이 방에 있던 사람이 희망 온도를 26도로 맞춰 놓은 상태에서 두 시간 전에 나갔다면 온도를 자동으로 조절해 주니까 방 안의 온도가 계속 26도를 유지했겠지."

태산이가 알겠다는 듯 말했다.

"그런데 아직 방 안의 온도는 21도밖에 안 됐고, 지금도 난방이 들어

기찻길도 늘어난다?

기차가 지나가는 선로를 잘 보면 좁은 틈새가 있어. 그런데 이 틈새가 겨울에는 더 넓고, 여름에는 더 좁아지는 걸 볼 수 있지. 왜일까? 바로 선로를 이루는 금속이 여름에는 뜨거운 열을 받아 늘어나기 때문이야. 또 반대로 겨울에는 줄어들기 때문에 틈새가 넓어지지. 그래서 선로를 만들 때 일부러 틈새를 두는 거야. 그래야 여름철에 선로가 늘어나 휘어지는 것을 막을 수 있거든.

오고 있다는 건 희망 온도를 설정한 지 얼마 되지 않았다는 뜻?"

"그렇지. 즉 남자가 이 방을 떠난 지 얼마 안 됐다는 증거지."

마리가 의문을 제기했다.

"혹시 주인아주머니가 보일러를 켠 건 아닐까?"

그때였다. 듣고 있던 신 형사가 갑자기 방문을 확 열어젖혔다. 신 형사의 갑작스런 행동에 아이들이 놀랐다. 그런데 더 놀란 사람은 바로 주인아주머니였다. 밖에서 몰래 엿듣고 있었던 것이다.

"에구머니나!"

아주머니는 놀라 바닥에 털썩 주저앉았다. 신 형사가 말했다.

"아주머니, 사실대로 말씀해 주세요. 무슨 일이 있었던 거죠?"

아주머니는 덜덜 떨며 고개를 저었다.

"안 돼요. 말할 수 없어요."

신 형사가 다시 설득했다.

"거짓 증언을 하는 것도 죄입니다."

결국 아주머니는 사실을 털어놓았다. 20분 전쯤 험악하게 생긴 남자 두 명이 들이닥치더니 다짜고짜 그 남자를 끌고 내려갔다는 것이다. 남자의 짐도 들고.

"떠나기 전에 한 남자가 경찰이 오면 아침 일찍 갔다고 말하라고 협박했어요."

결국 무서워 거짓 진술을 했다는 것. 그때였다. 밖에서 주변을 둘러보던 원 반장이 소리쳤다.

"다들 나와 봐. 빨리!"

모두 뛰어나가 보니, 원 반장이 야구 모자를 들고 있었다.

"이것 봐. 모자야. 흙이 거의 안 묻은 걸로 봐서 떨어뜨린 지 얼마 안 된 것 같아."

"그 남자가 쓰고 있던 거예요."

아주머니가 모자를 알아보고 말하자 원 반장이 명령했다.

"그럼 산으로 갔어. 등산로 입구에 떨어져 있었거든. 자, 가자!"

원 반장의 말이 떨어지기가 무섭게 모두들 산으로 뛰어 올라갔다. 산으로 데려갔다면 혹시 해치려고 하는 건 아닐까? 그렇다면 빨리 찾아야 한다. 신 형사가 재빨리 정선 경찰서에 지원 요청을 했다.

남자를 데려간 사람들은 누구일까? 정황상 남자가 목격한 것을 진술하지 못하게 하려는 게 분명하다. 정말 남자는 6년 전 뺑소니 사건을 목격했을까?

잠시 후 정선 경찰서에서도 경찰이 파견되어 다 같이 흩어져 찾기 시작했다. 한 30분쯤 찾았을까? 태산이와 차원이가 낭떠러지 아래 계곡에 쓰러져 있는 사람을 발견했다.

　태산이가 얼른 소식을 알렸다. 잠시 후 신 형사와 원 반장 그리고 마리와 하수가 왔다. 나무가 꺾이고, 흙이 쓸려 내려간 걸 보고 마리가 말했다.

　"여기서 굴러떨어진 것 같아요."

　"역시 그렇군. 신 형사, 우리가 내려가지. 너희는 빨리 구급차 준비시키고."

　원 반장과 신 형사는 산비탈을 타고 낭떠러지 아래로 조심스레 내려갔고, 아이들은 119에 신고했다. 과연 남자는 살아 있을까?

 ## 예상치 못한 목격자

남자는 온몸에 나뭇가지와 흙이 묻어 있고 머리에선 피가 흐르고 있었다. 신 형사가 코밑에 손을 대 보며 말했다.

"아직 살아 있어요."

그런데 원 반장이 남자를 보더니 깜짝 놀라는 것이었다.

"어, 이 사람!"

"누군지 아세요?"

신 형사가 묻자 원 반장은 의외의 대답을 했다.

"응. 오지만의 부하였어."

그렇다면 가짜 목격자는 아닐 가능성이 크다. 신 형사가 필요한 응급조치를 하고 나자 곧 구급대가 들것을 가지고 와 구조했다. 그리고 남자를 근처 병원으로 옮겼다.

병원으로 따라가는 차 안에서 태산이가 물었다.

"저 사람 정말 사건을 목격한 사람일까요?"

원 반장이 대답했다.

"그런 것 같아. 이름은 하성재. 오서방파 2인자로 오지만의 자금

을 관리해 주던 사람이야. 오지만이랑 같이 구속돼 3년형을 받았다가 자수한 점이 참작이 돼서 형량이 좀 줄었지."

마리가 반기며 물었다.

"목격자가 오지만의 부하였다면 오지만이 뺑소니 범인인 건 거의 확실하네요."

원 반장도 고개를 끄덕였다.

"그럴 가능성이 크지."

그러자 하수가 알겠다는 듯 말했다.

"하성재가 오지만이 범인인 걸 알리려고 하자, 다른 부하들을 시켜 없애려 한 거네요."

그래서 신변의 위협을 느낀 하성재는 두 차례나 약속을 하고도 나타나지 못하고 계속 은신처를 옮긴 게 아닐까?

병원에 도착하자마자 하성재는 두개골 골절이라는 진단을 받고 곧바로 수술에 들어갔다. 의사 말로는 다행히 빨리 발견하고 적절한 응급조치를 해서 하성재의 목숨을 구할 수 있었다고 했다.

"오지만이 시킨 일이 맞는지부터 알아보는 게 좋을 거 같아요. 오지만의 부하들이면 사진 자료가 남아 있지 않나요?"

신 형사의 질문에 원 반장이 대답했다.

"다는 없고, 주요 인물들은 있지."

"그럼 펜션에 가서 거기 왔던 사람들 인상착의부터 알아볼게요."

병원에는 원 반장과 마리가 남기로 하고, 신 형사와 다른 아이들은 다시 펜션으로 갔다.

마리는 마음속으로 제발 하성재를 살려 달라고 기도했다. 진짜 교통사고 현장을 목격했는지, 범인을 봤는지, 범인이 정말 오지만인지 묻고 싶었다. 또 왜 6년이 지난 지금까지 목격한 사실을 숨겨 왔는지, 아니 왜 이제와 그 사실을 털어놓으려고 하는지, 게다가 목숨이 위태로운 걸 알면서도 그렇게 하려는 이유가 무엇인지 하성재의 입을 통해서 꼭 듣고 싶었다. 그리고 무엇보다 용기를 내 진실을 말하려고 한 하성재를 그냥 죽게 내버려 둘 수는 없었다.

펜션으로 갔더니 아까는 없던 주인아저씨도 함께 있었다. 신 형사와 아이들은 아주머니에게 하성재를 데리러 온 남자 둘의 인상착의에 대해 물었다. 아주머니가 대답했다.

"둘 다 머리가 아주 짧고, 인상이 험악해 보였어요. 옷은 등산복 같은 걸 입고 있었는데, 한 사람 팔에 문신이 있더라고요. 딱 봐도 조폭 같아 보였다니까요."

신 형사가 물었다.

"혹시 사진을 보여 드리면 알아보실 수 있겠어요?"

아주머니는 손사래를 치며 말했다.

"아유, 싫어요. 그러다 보복이라도 당하면 어떡해요. 여기 묵었던 남자도 당했다면서요. 절대 싫어요. 제발 다시는 오지 마세요."

주인아저씨도 부탁했다.

"산속에 저희 둘이 사는데, 그런 무서운 사람들이 와서 해코지라도 하면 저희는 어떡합니까. 제발 부탁입니다. 이제 가 주세요."

신 형사와 아이들은 결국 쫓겨나다시피 나오게 됐다.

세 시간에 걸친 수술은 밤 11시 30분이 다 되어서야 끝났다. 의사가 나와 말했다.

"수술은 잘됐는데, 머리를 크게 다쳐 의식이 돌아와도 이상이 생길 수 있습니다."

"이상이라니요?"

"단기 기억상실증 같은 거요. 그럴 가능성이 있다는 겁니다."

마리는 다시 걱정이 되기 시작했다. 혹시 엄마 사건에 대한 기억을 잃으면 어쩌나 해서였다. 공 교장은 하성재를 서울로 데려오라고 명령했다. 하성재는 구급차에 실려 서울 최고대학병원으로 옮겨졌고, 아이들과 형사들도 서울로 올라왔다.

 다시 사라지다

하성재는 서울로 옮겨진 후로도 쉽게 깨어나지 못했다. 다시 위험한 일이 일어날까 경찰이 병실 앞을 지켰고, 공 교장과 원 반장도 병원에 들러 계속 상태를 체크했다.

3일째 되는 날 아침. 공 교장이 마리를 불렀다. 아이들이 동시에 소리쳤다.

"깨어났나 보다."

하성재가 깨어나길 마리가 얼마나 간절히 바라는지 잘 알기에 아이들도 같이 기뻐해 주었다. 마리는 한달음에 교장실로 갔다. 그런데 공 교장에게 예상치 못한 말을 듣게 되었다.

"하성재가 도망갔어. 오늘 새벽에."

"네? 도망을 갔다고요? 아직 안 깨어난 거 아니었어요?"

"어제저녁까지만 해도 그랬지. 그런데 밤사이 깨어난 거 같아. 새벽에 경찰이 잠깐 화장실에 다녀왔는데 그때 빠져나간 것 같대."

"그럴 리가……. 혹시 도망친 게 아니라 오지만의 부하들이 데려간 게 아닐까요?"

그러자 어 교감이 말했다.

"그건 아닐 거야. 편지를 남기고 갔어."

어 교감은 하성재가 남겼다는 편지를 건네주었다. 마리는 재빨리 펼쳐봤다.

> 살려 줘서 감사합니다.
> 그리고 미안합니다.

다른 말은 아무것도 없었다. 범인이 누구라는 말도 남기지 않았다. 생명의 위협을 받고 증언을 하지 않기로 마음을 바꾼 것일까?

마리는 기운이 쭉 빠졌다. 깨어나기만을 애타게 기다렸는데 또 한 번 희망이 사라진 느낌이었다. 어 교감이 마리를 위로했다.

"마리야, 너무 실망하지 마. 기다려 보면 다시 연락이 올지도 모르잖아."

과연 그럴까? 마리는 어깨가 축 처져 교실로 돌아왔다.

"깨어났대?"

아이들이 동시에 물었지만 마리는 대답하지 못하고 책상 위에 엎드려 울음을 터뜨렸다.

한편 마리가 나간 뒤 어 교감이 공 교장에게 물었다.

"마리가 실망이 큰데요. 속이는 게 잘하는 일일까요?"

공 교장이 단호하게 대답했다.

"어쩔 수 없어. 마리의 안전이 최우선이야."

실은 어제저녁, 마침 공 교장이 병원에 있을 때 하성재가 깨어났다. 하성재는 공 교장을 보고는 안도의 숨을 내쉬었다.

"휴! 살았군요. 감사합니다, 구해 주셔서."

"어떻게 된 거지? 이것도 오지만 짓인가?"

"네. 제가 뺑소니 사건의 범인을 밝히려는 걸 알아채고 절 납치하려고 한 거죠. 하지만 낭떠러지로 떨어진 건 제 실수였어요."

한때는 자신의 부하들이기도 했던 남자들에게 끌려 나온 후 하성재는 재빨리 산속으로 도망쳤단다. 그러다 낭떠러지를 미처 발견하지 못하고 굴러떨어졌는데, 남자들은 하성재가 죽은 줄 알고 그대로 두고 갔다는 것이다.

　공 교장이 물었다.

　"6년 전 뺑소니 사건의 범인이 오지만인가?"

　"네. 오지만이 범인이에요. 제 눈으로 똑똑히 봤어요."

　6년 전 오지만이 경찰서에서 풀려나 혼자 차를 몰고 가던 바로 그날이었단다. 오서방파 2인자였던 하성재도 오지만의 뒤를 따라 차를 몰고 나왔는데, 한 10분쯤 달렸을까? 갑자기 오지만이 차를 멈췄단다. 그래서 같이 차를 멈추고 보니 길가에 여자가 쓰러져 있고 한 아이가 넘어

져 울고 있었다는 것. 오지만은 차에서 내려 잠깐 살펴보더니 얼른 다시 차를 타고 혼자 도망쳐 버렸다고 했다.

공 교장이 놀라 물었다.

"혹시 그때 119에 신고한 사람이?"

"네. 저예요."

사고 당시 누군가 119에 전화를 해 교통사고가 났다고 신고했는데 전화한 사람을 찾을 수 없었다. 그게 바로 하성재였다니 정말 놀라운 일이 아닌가.

공 교장이 다시 물었다.

"그때는 왜 오지만이 범인이라고 밝히지 않았지?"

"잘 아시잖아요. 당시 제 위치가 어땠는지. 그리고 제 차에 저 말고도 두 명이 더 있었어요."

오지만은 부하 세 명이 뺑소니 현장을 목격한 사실을 알고, 한 명이라도 발설할 때는 그 사람은 물론이고 나머지 둘도 무사하지 못할 거라고 협박했단다. 부하들은 오지만의 악랄함을 워낙 잘 알고 있어 입 밖에 낼 생각도 못했다는 것이다.

"또 제 여자 친구를 들먹이면서 협박하기도 했어요. 그래서 어쩔 수 없었어요."

"이제와 신고할 마음이 생긴 이유는 뭐지?"

공 교장의 물음에 하성재는 무겁게 입을 열었다.

"알고 계시겠지만 6년 전, 오지만이 저지른 많은 죄를 제가 대신 뒤집어쓰고 형을 살았습니다. 조건은 단 하나였죠. 교도소에서 나오면 다시는 저를 찾지 않는 것. 저는 그만 손을 씻고 싶었습니다."

하성재는 출소한 후 기다려 준 여자 친구와 결혼도 하고, 작은 가게도 내서 잘 살고 있었단다. 그런데 출소한 오지만이 다시 세를 모은다며 조직에 들어오라고 계속 협박했다는 것이다.

"내가 약속이 틀리지 않느냐며 뺑소니 사실을 신고하겠다고 하자, 그때부터 나를 잡으려고 하는 거예요."

공 교장이 말했다.

"그럴 줄 알았어. 치킨 집을 하네, 교회를 다니네 하는 것들이 다 위장일 줄 알았다니까."

그때 노크 소리가 들렸다. 원 반장이었다. 하성재가 깨어난 걸 보고 깜짝 놀라며 반겼다.

"어, 하성재! 깨어났네. 괜찮아?"

"네. 절 구해 주셨다고 들었습니다. 감사합니다."

"그래. 다행이다. 그런데 들어오다 보니까 오지만이 너 여기 있는 걸 벌써 알았나 봐. 두 명이나 보냈던데."

경비가 허술해지길 기다려 하성재를 잡아가려고 오지만의 부하들이 호시탐탐 노리고 있다는 얘기였다. 원 반장이 공 교장에게 물었다.

"어떡하죠? 경비를 더 강화할까요?"

공 교장은 잠시 생각에 잠겼다 말했다.

"그때는 오지만의 부하였고 지금은 오지만에게 괴롭힘을 당하는 상황이니 사건을 목격했다는 진술만으로는 신빙성이 떨어질 수 있어. 좀 더 명확한 증거가 필요해."

그러자 하성재가 안타까운 표정으로 말했다.

"사고가 난 다음 날, 제가 직접 사고 차량을 수리 센터에 가져가 앞 범퍼와 바퀴를 바꿨거든요. 그리고 만약을 위해 사진을 찍어 놨었죠. 그런데 사진이 저장된 SD 카드를 빼앗겼어요. 정선에서."

"아깝다! 그것만 있으면 오지만, 바로 구속인데!"

원 반장이 아쉽다는 듯 말했다.

그 중요한 증거물이 다시 오지만의 손에 들어갔으니 곧 다 없앨 게 분명하다. 빨리 찾아오지 않으면 마지막 증거물까지 사라질 것이다. 게다가 오지만의 부하들이 호시탐탐 하성재를 노리고 있으니, 하성재의 목숨도 위태로운 상황이다.

공 교장이 물었다.

"혹시 사고 당시 옆에서 울고 있던 아이, 기억하나?"

SD 카드란?

디지털 카메라나 디지털 캠코더, 스마트폰과 같은 휴대용 디지털 기기에는 사진이나 동영상, 음악 등의 데이터를 저장하기 위한 저장 장치가 필요해. 그래야 전원이 꺼져도 데이터가 남아 있고, 다른 기기로 데이터를 옮기기도 편리하지. 이러한 소형 저장 장치를 '메모리 카드'라고 하는데, 그중 하나가 바로 SD 카드야. 크기는 작지만 많은 데이터를 저장할 수 있고, 또 처리 속도도 빠르기 때문에 많이 이용하지.

"얼굴은 잘 모르겠고 아이가 있었던 건 기억나요. 그 아이가 왜요?"

"지금 우리 학교에 있다네. 엄마의 뺑소니 범인을 잡겠다고 형사가 됐지."

하성재는 깜짝 놀라며 물었다.

"그 아이가 오지만을 본 건가요?"

공 교장이 고개를 끄덕였다.

"하지만 너무 어릴 때여서 또렷하게 기억하지는 못하는 거 같아."

"그 아이가 위험해질 수 있어요. 오지만 아시잖아요. 피도 눈물도 없는 인물인 거."

"알지. 그렇기 때문에 내겐 오지만을 잡는 것도 중요하지만 그 아이를 지키는 게 우선이야. 그래서 말인데……."

공 교장은 다시 증거를 찾을 때까지 마리가 이 사건에 끼어들지 않도록 하고 싶다고 했다. 방법은 하나, 하성재가 도망쳤다고 말하는 수밖에 없다는 것이다.

하성재는 고개를 끄덕이더니 말했다.

"좋아요. 그럼 제가 다시 증거를 찾아오겠습니다. 제가 갖고 있던 SD 카드를 없앴더라도 또 다른 증거를 찾을 수 있을지도 몰라요."

원 반장이 깜짝 놀라 물었다.

"정말? 어떻게?"

"오지만은 여전히 저를 필요로 합니다. 제가 쓸모 있다고 생각하는 한 저를 해치지는 않을 거고요. 예전에도 제가 오지만의 자금을 다 관리했었고, 지금 오지만은 세력을 키우기 위해 무엇보다도 돈이 필요할 겁니다."

"그럼 오지만 밑에 다시 들어가겠다는 말이야?"

"네. 지금 상태로는 절대 오지만에게서 빠져나갈 수 없습니다. 지금쯤 제 아내도 가만두지 않았을 거예요. 오지만을 다시 잡아넣어야 저도 오지만에게서 벗어날 수 있습니다. 그리고 마리라는 아이도 위험에서 구할 수 있고요."

일단 조직에 다시 들어가 신임을 얻은 다음, 오지만이 범인이라는 증거를 찾겠다는 얘기였다. 과연 하성재의 말을 믿어도 될까?

공 교장은 고민 끝에 고개를 끄덕였다.

"좋아. 그럼 자네만 믿겠네. 하지만 조금이라도 위험하면 언제든 날 찾게. 알겠나?"

"네. 걱정 마세요."

다음 날 새벽, 공 교장과 원 반장은 하성재가 편지를 써 놓고 도망가도록 틈을 주기로 했다. 공 교장과 원 반장이 막 병실을 나가려는데 하성재가 물었다.

"혹시 예전에 따님이……?"

공 교장이 깜짝 놀라 물었다.

"우리 미혜 사건을 아나? 그것도 오지만 짓이지?"

"그건 잘 모르겠어요. 그때 전 부산에 있었거든요. 아이가 죽었다는 것도 신문에서 보고 알았어요. 하지만 오지만이 벌인 일일 가능성이 크니까 그 증거도 찾아보겠습니다."

공 교장은 하성재의 손을 잡고 부탁했다.

"부탁하네. 꼭."

아이를 가슴에 묻은 공 교장의 눈에는 어느새 눈물이 맺혔다.

그렇게 전날 공 교장과 원 반장 그리고 하성재가 모의한 끝에 하성재는 도망친 게 되었다. 마리의 안전을 위해 내린 결정이지만 그걸 모르는 마리는 목격자가 도망쳤다는 사실에 절망하고 또 절망했다.

 ## 차원이가 들려주는 사건 해결의 열쇠

마리 엄마 뺑소니 사건의 목격자를 만나러 갔지만 이미 사라진 뒤. 하지만 그가 잡혀간 지 얼마 되지 않았다는 걸 알고 목격자를 구할 수 있었던 건 열에 의한 부피 변화와 자동 온도 조절 장치에 대해 잘 알았기 때문이야.

💡 열에 의한 부피 변화

우리 주변의 물질은 고체, 액체, 기체의 세 가지 상태로 나뉘고, 분자로 이루어져 있어. 고체 분자는 분자 사이의 간격이 좁고 단단하게 결합되어 있어. 또 제자리를 지키며 진동하지. 액체 분자는 고체보다 분자 사이의 간격이 넓고 결합도 느슨해 부피를 유지하는 범위에서 움직여. 기체 분자는 분자 운동이 훨씬 활발해서 모든 공간에서 자유롭게 움직이지.

〈열과 부피의 변화〉

열을 가하면 물질을 이루는 분자들은 움직임이 더욱 활발해져. 분자의 움직임이 자유로워지면 물질의 부피도 증가해. 그래서 대부분의 물질은 고체일 때보다 액체 상태일 때 부피가 커. 또 액체일 때보다 기체 상태일 때 부피가 더 크지.

단, 물은 예외야. 물은 액체일 때보다 고체인 얼음의 부피가 더 크거든.

💡 열팽창률과 바이메탈

물 이외의 물질은 열을 받으면 부피가 늘어나는데 늘어나는 비율은 다 달라. 유리 용기의 플라스틱 뚜껑이 여름에는 헐거워져서 잘 안 덮일 때가 있어. 열을 똑같이 받았지만 유리보다 플라스틱이 더 많이 늘어났기 때문이지. 이처럼 물질마다 열을 받았을 때 늘어나는 비율이 다른데 이 비율을 '열팽창률'이라고 해. 열팽창률이 크다는 건 같은 열을 받았을 때 부피가 더 많이 늘어난다는 뜻이야. 열팽창률이 큰 물체는 수축률도 커서 냉각시키면 부피가 더 많이 줄어들지.

〈열팽창률〉

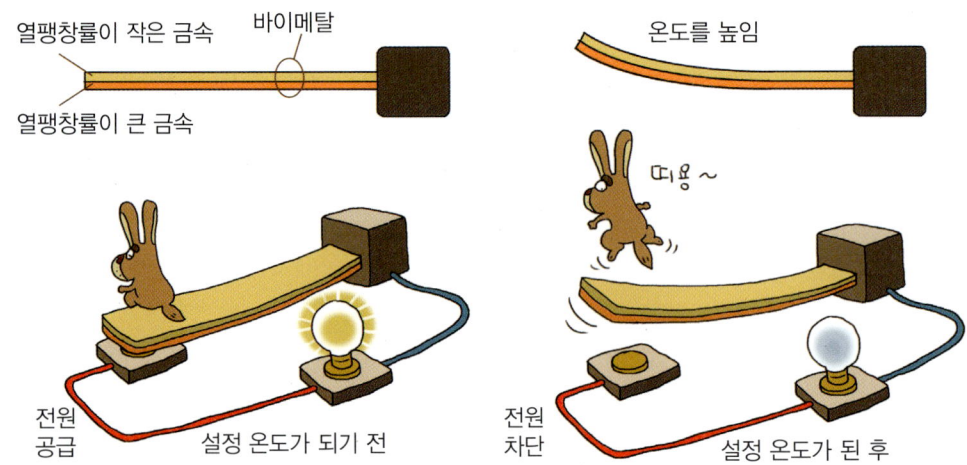

〈바이메탈과 자동 온도 조절 장치〉

　그런데 열팽창률이 다른 두 금속을 붙여 놓으면 온도의 변화에 따라 한 금속이 더 많이 늘어나거나 줄어들면서 한쪽으로 휘어지게 돼. 이렇게 열팽창률이 다른 두 금속을 이용한 것이 '바이메탈(bimetal)'이야. '바이(bi)'는 '둘, 쌍, 2배'라는 뜻이지. 만약 금속판이 휘어지는 방향을 반대로 하려면 금속을 붙이는 위치를 반대로 하면 돼.

💡 자동 온도 조절 장치

　음식을 익히거나 집안을 따뜻하게 하기 위해서는 열을 공급해야 돼. 하지만 계속 열을 공급한다면 음식은 다 타 버리고 집 안의 온도는 숨을 쉴 수 없을 만큼 올라갈 거야. 물론 적당할 때 직접 껐다 켰다 하면서 조절하면 되지만 아주 번거롭지. 그래서 적정 온도 이상이면 자동으로 열 공급을 멈추고, 적정 온도 이하이면 자동으로 열을 공급하는 조절 장치가 필요해.

이런 자동 온도 조절 장치는 바이메탈을 이용해 만들 수 있지. 바이메탈은 일정한 온도에 도달한 기기에 전류를 흐르게 하거나 전류를 끊어지게 하는 스위치 역할을 하거든.

　바이메탈이 휘어지기 전에는 전기 회로가 연결되어 전류가 흐르다가, 전류가 흐르면서 일정한 온도에 도달하면 바이메탈이 휘어지면서 전류의 흐름이 끊어지는 거야. 전류가 흐르지 않으면 올라갔던 온도가 다시 서서히 내려가게 돼. 일정한 온도까지 내려가면 휘어진 바이메탈이 다시 펴지는데, 온도가 내려가면서 금속이 수축하기 때문이야. 그럼 다시 두 금속의 길이가 같아져서 회로가 연결되고, 전류가 흐르게 되지.

　전기밥솥, 전기난로, 전기장판, 다리미 등 자동으로 온도를 조절하는 전자 제품에는 대부분 자동 온도 조절 장치가 있어.

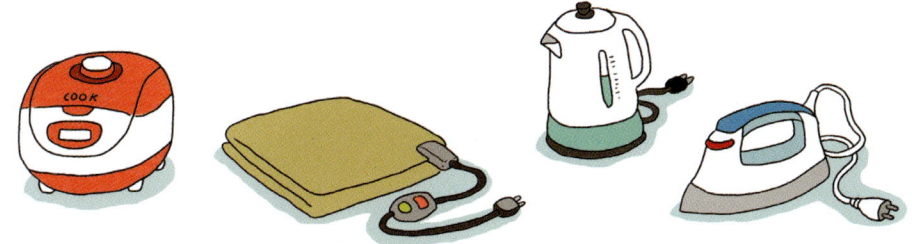

〈자동 온도 조절 장치의 이용〉

　그러니까 생각해 봐. 목격자를 찾아갔지만 이미 떠난 지 오래라는 말을 들었지. 하지만 방 안의 보일러가 아직 가동되고 있는 걸 발견했고, **자동 온도 조절 장치의 온도를 보고 목격자가 나간 지 얼마 되지 않았음**을 알아냈지.

사건 2

멋진 선후배

주말을 보내고 드디어 경찰서에 출근한 태산이와 하수. 둘은 형사 3팀에 배치를 받았다. 그런데 이게 누군가! 낯익은 얼굴이 있었다. 바로 CSI 1기, 한영재였다.

 영재 선배를 만나다

 시간이 약이라고 하던데, 마리는 괴로운 마음에서 쉽게 헤어나지 못했다. 항상 웃고 밝았던 마리의 얼굴에 점차 그늘이 생겼다. 아이들도, 형사들도 마리의 기분을 풀어 주려고 노력했지만 그때뿐이었다.

 목격자가 나타나기 전만 해도 뺑소니 사건의 범인을 꼭 잡겠다고 의기충천했던 마리가 아니던가. 사실 목격자가 나타날 거라고는 예상도 못 했었다. 하지만 갑작스런 목격자의 출현에 다시 한 번 희망을 품었었는데 물거품이 되자 그만큼 실망감도 컸다.

 그사이 원 반장은 오지만의 일거수일투족을 감시하며 하성재와 연락을 주고받았다. 하성재의 예상대로 오지만은 자신의 필요에 의해 하성재를 부하로 받아들였다. 물론 아직 의심을 다 거두지는 않은 상황.

 공 교장은 계획을 성공시키려면 예상보다 훨씬 더 오랜 시간이 걸릴지도 모른다고 생각했다. 하지만 조급해한다고 될 일이 아니다. 무엇보다 중요한 건 남은 이들의 안전이니까.

 그러던 어느 날, 어 교감이 아이들을 불러 예상치 못한 발표를 했다.
 "다음 주부터 경찰서 특별 교육을 실시한다."

 경찰서 특별 교육이라면, 실제 경찰서에 배치되어 실무 교육을 받는 것이다. 선배들도 그런 교육을 받은 건 알았지만 방학 때 받았다던데, 이번에는 학기 중에 실시하기로 했다는 것이다.

사실 이번 교육은 마리를 위한 어 교감의 특별 조치였다. 원래 이전과 마찬가지로 방학 중에 하려고 계획하고 있었다. 그런데 마리가 영 마음을 잡지 못하자 정신없이 바쁘게 지내는 게 가장 좋은 약이라고 생각한 것이다.

어 교감이 설명했다.

"송수 경찰서와 영광 경찰서, 두 곳에 각각 두 명씩 파견된다. 자, 가위바위보를 해서 이긴 사람이 짝꿍 고르기. 남은 두 명은 자동으로 짝이 되겠지?"

어 교감의 말이 끝나자 차원이는 마음으로 기도했다.

'마리랑 짝이 되게 해 주세요.'

우울해하는 마리를 옆에서 지켜 주고 싶었기 때문이다. 드디어 다 같이 가위바위보를 했는데, 셋은 가위를 내고 차원이만 주먹을 냈다. 소원대로 차원이가 이긴 것이다.

"야호! 난 마리!"

순간, 모두의 시선이 마리에게 쏠렸다. 마리의 얼굴이 빨개졌다. 차원이도 당황했다. 좋아서 저도 모르게 속마음을 드러내 버렸으니. 어 교감이 웃으며 한마디 했다.

"고차원, 너무 저차원 본색인데! 하하하."

여하튼 차원이는 마리와, 태산이는 하수와 짝이 되었다. 차원이 덕분에 하수도 신 났다. 경찰서 교육 기간이 한 달이니, 다른 경찰서로 가면 한 달 내내 태산이 얼굴 보기도 힘들었을 텐데, 매일 만날 수 있게 됐으니 말이다.

태산이랑 하수는 영광 경찰서로, 마리와 차원이는 송수 경찰서로 배치를 받았다. 경찰서로 출퇴근하기 위해 다른 아이들은 주말에 짐을 싸서 집으로 가고 태산이만 학교 기숙사에 남았다. 경찰서 파견은 선임을 잘 만나야 된다는데 과연 어떤 사람을 만나게 될지, 또 어떤 사건을 맡게 될지. 기대 반, 걱정 반이었다.

주말을 보내고 드디어 경찰서에 출근한 태산이와 하수. 둘은 형사 3팀에 배치를 받았다. 그런데 이게 누군가! 낯익은 얼굴이 있었다. 바로 CSI 1기, 한영재였다.

"어떻게 된 거예요, 선배? 원래 양동 경찰서에 계셨잖아요?"

하수가 놀라 묻자, 영재가 씩 웃으며 대답했다.

"얼마 전에 여기로 왔지."

소문으로 듣기론, 영광 경찰서는 서울에서도 최고의 인재들만 모이는 곳이란다. 영재 선배가 양동 경찰서 형사과에서 강력 사건을 척척 해결해 능력을 인정받고 있다더니, 그래서 뽑혀 온 게 분명했다.

바로 옆에 있던 형사가 끼어들었다.

"원래 우리 경찰서는 실습생을 안 받거든. 너희는 서장님이 특별히 허락해 준 거야. 한 형사 때문에."

영재의 능력을 높이 사서 후배들이 파견 나올 수 있게 허락해 줬다는 얘기였다.

태산이와 하수는 갑자기 어깨가 무거워졌다. 잘해서 영재 선배한테 누가 되지 않고, CSI의 명예도 지키고 싶었다.

그나마 다행인 건 영재 선배와 한 팀인 형사 3팀으로 배치받은 것. 하지만 워낙 대선배이고 여태껏 중요한 학교 행사 때 잠깐씩 봤을 뿐이라 아직은 서먹하고 어렵기도 했다.

영재가 태산이에게 물었다.

"너 강태산 맞아? 얼굴이 달라졌는데?"

"네? 제가요? 그럴 리가 없는데."

태산이가 당황하자, 영재가 웃으며 말했다.

"뭐 좋은 일 있어? 예전엔 잔뜩 인상 구기고 있더니. 완전히 딴사람 같은데."

"아, 네. 하하하. 그냥 뭐, 하하."

태산이가 쑥스러워하며 웃었다. 태산이가 마음의 문을 열고 아이들과도 많이 친해진 게 웃는 인상으로 나타나나 보다.

태산이와 하수가 부서마다 다니며 인사를 마치자 영재가 아이들을 회의실로 불러 지금 맡고 있는 사건에 대해 설명했다.

"우리 팀은 아프리카 나미비아에서 다이아몬드를 밀수해 파는 조직을 수사하고 있어. 현재까지 파악한 바로는 핵심 인물은 모두 세 명이야."

이요섭. 45세. 직업은 아프리카 빈국에서 봉사 활동을 펼치고 있는 봉사 단체, 다조아의 국장. 주로 나미비아에 머물며 현지인들을 돕고 있다고 했다.

"나미비아는 전 세계에서 손꼽히는 다이아몬드 생산국이야. 거기서 다이아몬드를 싼값에 사서 우리나라로 돌아가는 여행객들을 통해 몰래 국내로 들여보내는 거지."

봉사 활동을 많이 한 인물로 주변 사람들에게 신망이 두텁다는데 뒤로는 다이아몬드를 밀수해 이익을 챙기고 있다는 것. 역시 열 길 물속은 알아도, 한 길 사람 속은 모른다는 게 맞는 말인가 보다.

"국내에서는 서인국이라는 사람이 그 다이아몬드를 받아 판매하는 걸로 파악하고 있어."

싱싱 전통시장에서 채소 장사를 한다는데, 그 사람 역시 다조아의 회원이었다. 태산이가 물었다.

"그럼 다조아가 봉사 단체를 위장해 조직적으로 밀수를 하고 있는 건 아닐까요?"

"그것까지는 아직 증거가 없어. 현재 파악 중인데, 서인국 일당을 잡으면 확실히 알 수 있겠지."

또 한 명은 보석 가공업자인 최명신. 서인국을 통해 밀수된 다이아몬드를 사서 유통시키는 일을 한다고 했다. 하수가 물었다.

"그들이 다이아몬드 밀수를 한다는 건 어떻게 아셨어요?"

"내가 잘 아는 보석상이 있거든. 그 사람의 제보로 알게 됐지."

영재가 수사하다 알게 된 김영길이라는 보석상이었다. 그가 최근 다이아몬드 시장에 나미비아산 최고급 다이아몬드가 풀렸는데, 제대로 된 경로로 들어온 게 아닌 것 같다며 제보했다는 것이다. 또 보석상 중 몇몇 사람들이 최명신을 통해 은밀하게 거래를 하는 듯하니 알아보라고 귀띔해 주었단다.

영재는 수사에 착수한 후 현재까지 주요 관련 인물 세 명을 파악한 상태고 증거물은 아직 찾지 못한 상황이라고 했다. 같은 팀 형사 두 명이 서인국과 최명신을 각각 뒷조사하고 있다고 덧붙였다.

이런 경우는 다이아몬드를 들여오는 현장이나 사고파는 현장을 덮쳐서 현행범으로 잡는 게 가장 좋다. 그래야 빼도 박도 못할 테니까.

"오늘은 첫날이니까 쉬고 내일부터 수사에 참여해."

그때 영재의 휴대전화가 울렸다. 영재가 깜짝 놀라더니 다급하게 전화를 받았다.

"네? 몇 시요? 3시 도착이요? 알겠습니다. 감사합니다."

'3시 도착이라면, 혹시?'

태산이와 하수 둘 다 혹시 사건 얘기가 아닐까 생각하고 있는데 영재가 벌떡 일어나며 말했다.

"따라와."

"네? 네!"

아이들은 엉겁결에 영재를 따라 뛰어나갔다. 첫날부터 사건에 투입된 태산이와 하수. 과연 둘은 제 역할을 해낼 수 있을까?

추적을 시작하다

"3시에 다이아몬드를 가지고 들어온대."

차를 타고 가면서 영재가 설명했다.

"네? 누가요?"

"학생이."

방금 전화한 사람은 이번 사건을 돕고 있는 나미비아 현지 교민 중 한 명. 이요섭의 행동을 지켜보다가 수상한 점이 있으면 연락해 주기로 했는데, 드디어 전화한 것이다.

"지금 나미비아로 봉사 활동 갔던 대학생들이 돌아오고 있는데, 이요섭이 그중 한 명에게 한국에 물건을 전해 달라는 심부름을 시켰대."

교민은 그 소식을 다조아 봉사원 중 한 명한테 듣자마자 연락한 것이었다.

"그럼 전해 달라는 물건이 다이아몬드란 말이에요?"

태산이가 물었다.

"그럴 가능성이 높지."

영재는 교민이 휴대전화로 전송한 여학생의 사진을 보여 주었다.

"이름은 양성미. 20세. 한나대학교 1학년 학생이래."

하수가 놀라 물었다.

"그럼 그 학생도 밀수에 가담한 거예요?"

영재는 고개를 저으며 대답했다.

"아닐 가능성이 더 커. 현재 파악하기로는 이요섭이 봉사 활동 온 학생들 중 한 명에게 유난히 친근하게 굴다가, 그 학생이 한국으로 돌아갈 때 한국의 지인에게 소포를 전해 달라고 부탁하는 방식으로 다이아몬드를 들여오고 있어."

태산이가 알겠다는 듯 말했다.

"학생인 데다 봉사 활동 갔다 오는 길이니 세관 검사도 쉽게 통과할 거라는 계산이군요."

"그렇지. 아마 뭔지도 모르고 이요섭이 전해 달라고 하니까 가지고 들어왔을 거야."

황당하다. 그 여학생은 자기도 모르는 사이 밀수를 돕게 되는 게 아닌가! 여하튼 이요섭이 양성미에게 부탁한 소포에 정말 다이아몬드가 들어 있다면 양성미를 추적해 서인국에게 배달하는지 확인하고, 그 현장을 잡으면 된다.

이야기를 나누다 보니 어느새 공항에 도착했다. 곧 있으면 비행기가 도착하고, 양성미가 나올 것이다.

태산이와 하수는 입국장에서 양성미가 나오기를 기다리고 영재는 차에서 아이들의 보고를 기다리기로 했다. 그렇게 한 시간쯤 지나니 사진으로 본 여학생, 양성미가 나왔다. 마중 나온 부모님과 만나 반갑게 인사하는 모습이었다.

태산이는 곧바로 영재에게 보고하고 하수와 같이 양성미를 뒤따라갔다. 지하 주차장 A3블록으로 간 양성미는 가족들과 차에 타고 출발했다. 영재도 같은 곳으로 차를 몰고 와 아이들을 태우고 추적을 시작했다. 양성미가 탄 차는 곧바로 집으로 향했다.

아무래도 긴 여행으로 피곤할 테니 당장 소포를 전하러 가지 않을 확률이 높지만 혹시 또 모르니 잠복을 하며 지켜보았다. 하지만 예상대로 밤 9시가 넘도록 양성미는 집에서 나오지 않았다.

"내일 일찍 다시 오자."

영재와 아이들은 양성미의 집에서 철수했다.

경찰서에 갔더니 서인국을 감시하고 있는 장 형사와 최명신을 감시하고 있는 은 형사도 들어와 있었다. 서로 간단히 인사를 나눈 뒤 두 형사는 서인국과 최명신이 아직까지 별다른 움직임을 보이지 않는다고 보고했다.

두 형사 모두 영재보다 나이가 많지만 직급이 낮아 이번 사건은 영재가 지휘하게 된 듯했다. 그래도 영재는 두 선배 형사에게 깍듯하게 존댓말을 썼다. 영재가 말했다.

"장 선배, 은 선배 모두 수고하셨어요. 내일도 세 팀으로 나눠서 계속 잠복하겠습니다."

다음 날 아침 일찍부터 영재와 태산이, 하수는 양성미 집에서, 장 형사는 서인국의 채소 가게에서, 은 형사는 최명신의 보석 가공 공장에서 잠복을 시작했다. 그런데 하루 종일 지켜봐도 세 명 모두 뚜렷한 움직임을 보이지 않았다.

별 소득 없이 이틀이 지나고, 3일째 되는 날이었다. 드디어 오후 1시쯤 양성미가 집 밖에 모습을 드러냈다. 손에는 쇼핑백을 들고 있었다. 서인국에게 소포를 전해 주러 가는 게 분명해 보였다.

영재가 명령했다.

"지금부터 사진 찍어 둬."

"네!"

사진은 나중에 증거로 쓰려는 것. 영재는 장 형사와 은 형사에게 상황을 전하고 곧바로 양성미를 쫓았다. 예상대로 양성미가 향한 곳은 서인국의 가게였다. 영재가 장 형사에게 명령했다.

"장 선배, 먼저 접근하세요."

서인국의 가게 앞에 있던 장 형사가 채소를 사러 온 척하며 양성미의 뒤를 따라 가게로 들어갔다. 장 형사가 핀 마이크를 켜자 가게 내부의 소리가 차에 대기하고 있는 영재와 태산, 하수의 헤드폰으로 들렸다.

> **마이크의 원리**
>
> 소리가 진동으로 전달되는 건 알지? 마이크에 대고 말을 하면 그 진동이 마이크의 진동판에 전달돼. 진동판에는 자석이 붙어 있고 주변에 코일이 감겨 있어. 진동판이 앞뒤로 진동하면 자석도 앞뒤로 같이 움직이지. 자석이 코일 속에서 움직이면 전류가 발생해. 그러니까 소리 신호가 전기 신호로 바뀌어서 전달되는 거지.

"서인국 사장님 계세요?"

양성미가 서인국을 찾자 점원으로 보이는 젊은 남자가 소리쳤다.

"사장님, 손님 왔어요."

곧이어 서인국의 목소리가 들렸다.

"손님? 누구?"

"안녕하세요? 저…… 나미비아에서 이요섭 국장님이 전해 드리라고 하신 게 있어서요."

아마 양성미가 쇼핑백을 내밀었을 것이다. 서인국은 반갑게 맞았다.

"아, 양성미 씨! 그렇지 않아도 전화 받았어요. 이리 들어와요. 차라도 한 잔 마시고 가요."

양성미는 사양했다.

"아니에요. 약속이 있어서요."

"그래도 그냥 가면 섭섭하지. 그럼 이거 차비나 해요."

돈을 내미는 모양이었다. 양성미는 화들짝 놀라며 사양했다.

"아니에요. 괜찮아요."

"어허! 어른이 주는 건 받는 거예요."

양성미는 어쩔 줄 몰라 했다.

서인국과 양성미가 주고받는 얘기를 들으며 영재가 말했다.

"10만 원쯤 줬겠지. 밀수시킨 대가로 10만 원이라……."

그렇다. 어린 학생을 속여 밀수품을 전달하는 일을 시키다니, 정말 나쁜 사람들이다. 양성미가 나중에 알면 얼마나 기막혀할까 싶었다. 서

인국 일당을 잡은 후 양성미도 조사를 받게 될 것이다. 물품을 전달한 사진 증거가 있으니 무조건 발뺌하지는 못할 것이다.

하수가 물었다.

"지금 들어갈까요?"

현장을 덮쳐 양성미가 서인국에게 전달한 소포를 열어 봐 다이아몬드가 들어 있으면 현행범이 되는 것이다. 하지만 영재는 고개를 저으며 대답했다.

"아니. 양성미보다 최명신을 잡아야지."

그렇다면 양성미는 일단 돌려보내고 서인국이 최명신에게 다이아몬드를 넘길 때 잡겠다는 뜻이다. 잠시 후 양성미가 난처해하며 돈을 받아 나왔다.

장 형사는 여전히 가게에 남아 서인국의 행동을 지켜보고 있었다. 점원이 아까부터 계속 물었다.

"손님, 뭐 드릴까요?"

"글쎄. 오이를 살까? 당근을 살까?"

그런데 그때였다.

"아, 맞다. 우리 집에 오이도 있고 당근도 있지. 미안, 나중에 다시 올게."

서인국이 움직였나 보다. 아니나 다를까 장 형사가 가게에서 나오며 핀 마이크에 대고 말했다.

"서인국이 뒷문으로 나갔어."

이런! 뒷문이 있을 줄은 몰랐다. 영재는 재빨리 차를 몰아서 가게 뒤쪽 주차장으로 갔다. 농수산물센터라 채소와 수산물을 운반하는 트럭과 장을 보러 온 사람들 차로 주차장은 정신없이 북적였다. 하지만 다행히 이제 막 차에 타고 출발하는 서인국을 찾을 수 있었다.

영재가 말했다.

"장 선배는 가게 근처에 계세요. 그 점원은 수상한 게 없는지 좀 보시고요."

"그래. 알았어."

영재는 능숙하게 운전해 서인국의 차를 쫓았다. 약 10분쯤 달려 도착한 곳은 한 단독주택 앞. 영재가 아는 곳이었다.

"여긴 서인국 집인데."

그때 서인국이 쇼핑백을 갖고 차에서 내려 집으로 들어갔다. 태산이가 말했다.

"집에 둘 건가 봐요. 다이아몬드를."

영재가 고개를 끄덕였다.

서인국의 집은 지은 지 꽤 오래된 것 같았지만

안쪽에 마당도 있고 크기도 제법 넓어 보였다.

　서인국은 집에 들어갔다 30분쯤 뒤에 다시 나왔다. 손에는 아무것도 들려 있지 않았다. 소포에 다이아몬드가 들어 있었던 게 분명하다. 아니라면 뭐가 그리 급해서 소포를 받자마자 집으로 가져갔겠는가. 그리고 다이아몬드를 보관한 장소 역시 서인국의 집일 가능성이 크다. 서인국과 최명신을 체포한 후 집을 압수 수색해 봐야 할 것이다.

　서인국은 다시 가게로 향했다. 그곳에 남아 있었던 장 형사가 영재에게 보고했다.

　"가게 점원을 지켜봤지만 특별히 의심 가는 행동은 없었어."

　저녁 시간이 되자 서인국은 가게 문을 닫고 다시 집으로 돌아갔다. 은 형사도 최명신이 아직 별다른 움직임을 보이지 않는다고 보고했다. 그러나 서인국에게 다이아몬드가 전달됐으니 조만간 두 사람이 접촉할 터. 이제 더 철저히 감시해야 할 것이다.

 밀수범을 잡다

　다음 날 아침 일찍부터 영재와 아이들 팀은 서인국의 가게에서, 장 형사는 서인국의 집에서, 은 형사는 최명신의 공장에서 잠복을 시작했다. 그런데 오전 10시가 조금 지났을 때 드디어 은 형사에게서 기다리던 전화가 왔다.

"최명신이 움직이는 것 같아. 서인국한테 가는 게 분명해."

영재가 태산이와 하수에게 명령했다.

"너희는 가게 뒤쪽으로 가서 기다려."

"네!"

지난번에도 가게 뒷문으로 나갔으니, 이번에도 그럴 가능성이 충분했다. 태산이와 하수는 가게 뒤쪽으로 가서 문을 뚫어져라 바라보며 대기했다.

잠시 후, 은 형사가 최명신이 가게에 도착했다고 보고했다. 영재가 말했다.

"제가 따라 들어갈게요. 은 선배는 앞쪽을 지켜 주세요."

영재는 손님으로 위장해 최명신을 따라 들어갔다. 최명신은 마치 채소를 사러 온 사람처럼 점원에게 인사를 건넸다.

"오늘 물건 좋네."

"최 사장님 오셨어요?"

점원도 최명신을 알아보고 인사했다. 그러자 가게 안쪽에서 서인국이 나오며 최명신을 맞았다.

"아유, 단골손님 오셨네!"

그때였다. 점원이 영재를 보고 물었다.

"뭘 드릴까요?"

"좀 보고요."

영재는 채소를 살펴보는 척하며 최명신과 서인국의 행동에 주의를 기울였다. 가게 안의 상황은 영재가 찬 핀 마이크로 은 형사와 태산이, 하수의 이어폰에 전달됐다.

최명신이 말했다.

"배추 좀 사려고 하는데, 좋은 거 있나요?"

"배추! 오늘 아주 좋은 거 들어왔는데. 이리 들어와 보세요."

서인국은 최명신을 데리고 가게 안쪽으로 들어갔다. 점원이 다시 영재에게 물었다.

"고르셨어요? 뭐 드릴까요?"

맡은 일을 열심히 하는 건 좋은데, 정신이 딴 데 가 있는 영재는 점원이 귀찮았다. 그래서 대강 대답했다.

"배추 주세요. 이거."

점원이 배추를 봉지에 담아 주며 말했다.

"삼천 원이요."

영재가 값을 치르는 사이, 최명신이 안쪽에서 나왔다. 커다란 봉지에 배추를 담아 가지고. 영재가 시치미를 떼며 물었다.

"안에 있는 배추가 더 좋은 거예요? 그럼 저도 그거 주세요."

어떤 반응을 보이나 일부러 던져 본 말. 예상대로 최명신은 화들짝 놀란 표정으로 서인국을 보고, 서인국은 둘러댔다.

"죄송해요, 손님. 딱 이거밖에 없어서. 여기 있는 것도 좋아요. 대신 아주 싸게 드릴게요."

"아, 됐어요. 이거 뭐 사람 차별하는 것도 아니고. 기분 나빠서 안 살래요."

듣고 있던 아이들은 풉 하고 웃음이 나왔다. 영재 선배가 연기도 은근히 잘한다 싶었다.

영재는 점원 손에 있던 삼천 원을 낚아채고 배추 봉지를 내려놓았다. 최명신은 행여 영재가 배추를 달라고 할까 봐 그랬는지 부리나케 가게를 빠져나갔다. 영재도 얼른 그의 뒤를 따랐다. 영재가 핀 마이크에 대고 말했다.

"뒷문 잘 지켜. 이제 잡을 거야."

영재의 명령에 태산이와 하수는 긴장하며 대기했다. 어느새 주차장 쪽으로 온 영재가 최명신의 차 주변에서 지키고 있던 은 형사에게 눈짓을 보내고는 최명신을 불러 세웠다.

"저기요. 그 배추 저한테 파시면 안 돼요?"

최명신은 차에 배추를 실으려다 말고 영재의 황당한 말에 버럭 화를 냈다.

"아니, 젊은 사람이 정말 왜 그래?"

영재는 아랑곳하지 않고 최명신의 팔을 꺾어 제압했다.

"왜 그러긴요. 배추 좀 보려고 그러죠."

최명신은 영재가 형사인 걸 모르고 정신이 좀 이상한 사람인 줄 알았는지 소리쳤다.

"뭐야! 왜 이래! 경찰 부를 거야!"

그러자 영재가 신분증을 보이며 말했다.

"그러실 필요 없어요. 제가 경찰이니까."

"헉!"

깜짝 놀란 최명신은 영재를 밀치고 도망치기 시작했다. 그러나 옆에 있던 은 형사가 멋지게 날아오르며 제압! 최명신은 땅바닥에 쓰러졌고 움켜쥐고 있던 배추 봉지도 놓치고 말았다.

공중으로 날아간 배추 봉지가 충격으로 터져 버리자 배추 두 포기가 나뒹굴었다. 그 순간 배추 잎 사이에서 반짝 빛나는 것이 튀어나왔다. 영재는 씩 웃었다. 바로 다이아몬드였던 것이다. 모두 세 개.

그때 무전으로 태산이가 급히 외쳤다.

"서인국, 나왔어요!"

서인국이 상황을 보고 있다가 최명신이 잡히자 곧바로 뒷문으로 도망친 것. 영재는 다이아몬드를 챙기고, 은 형사에게 최명신을 데려가라고

하고는 태산이와 하수를 도와주러 뒤쪽으로 갔다.

　뒷문 바로 옆에는 하수가 있었는데, 서인국은 붙잡는 하수를 냅다 뿌리쳐 버렸다. 서인국이 밀치는 바람에 넘어진 하수는 다시 일어나 죽어라고 달렸지만 따라잡기에는 역부족이었다. 하지만 다행히 태산이가 번개같이 달려가서 막 차에 타려는 서인국의 뒷덜미를 잡아챘다.

　"뭐야! 아, 아!"

　서인국이 반항하기도 전에 태산이가 서인국의 팔을 꺾어 제압했다. 마침 영재가 와서 서인국에게 수갑을 채우며 말했다.

　"서인국 씨, 다이아몬드 밀수 혐의로 체포합니다."

　그러자 서인국은 포기한 듯 순순히 영재를 따라갔다.

　태산이가 뒤따라온 하수를 보고 물었다.

　"괜찮아?"

　아까 서인국이 밀칠 때 넘어진 게 괜찮은지 물은 것. 하수는 고개를 끄덕였지만 팔꿈치에서 피가 흐르고 있었다. 상처를 본 태산이가 주머니에서 휴지를 꺼내 주며 말했다.

　"안 괜찮네. 약 발라야겠다."

　하수는 눈물이 핑 돌 정도로 기분이 좋았다. 태산이가 자신을 걱정해 주다니. 정말 꿈만 같았다. 그렇게 다이아몬드 밀수범 체포 작전은 대성공을 거뒀다.

 다이아몬드를 찾아라!

경찰서로 잡혀 온 서인국과 최명신은 다이아몬드를 증거물로 내밀자 자신들의 죄를 자백했다. 나미비아에 있는 이요섭은 인터폴을 통해 체포하면 된다. 그런데 배추에서 나온 다이아몬드는 단 세 개뿐. 영재가 물었다.

"다른 건 어디 숨겼죠?"

"세 개밖에 안 들어왔어요."

서인국이 딱 잡아떼자 영재가 다그쳤다.

"이번이 세 번째. 이전에 두 번 모두 한 번에 10개 이상의 다이아몬드를 밀수해 시중에 풀었는데, 이번에는 세 개밖에 안 왔다?"

"그렇다니까요. 이번엔 세 개밖에 못 구해서 세 개만 가지고 들어온 거예요."

최명신에게도 물었지만 자신은 유통만 담당했고 들여오는 건 이요섭과 서인국이 하기 때문에 몇 개가 들어왔는지는 전혀 모른다고 했다.

"할 수 없군요. 서인국 씨의 집과 가게를 압수 수색해서 직접 찾아낼 수밖에."

영재의 말에 서인국은 흠칫 놀라는 듯했지만 이내 큰소리를 쳤다.

"얼마든지요."

어제 본 상황으로는 집에 둔 게 분명하다. 그런데 저렇게 큰소리치는 걸 보니, 혹시 밤사이 다른 데로 옮기기라도 한 걸까?

곧바로 장 형사와 은 형사는 서인국의 가게로 가고 영재와 태산이, 하수는 서인국의 집으로 갔다. 집에 들어가자 아담한 정원에 작은 연못까지 있어 운치가 느껴졌다. 경찰이라는 말에 서인국의 부인은 얼굴이 하얗게 질렸다.

"집에는 아무것도 없어요. 정말이에요."

그러나 영재는 압수 수색 영장을 보이며 단호하게 말했다.

"수사에 협조해 주세요."

"아이고, 어떡해."

부인은 울음을 터뜨렸다. 영재가 명령했다.

"찾아봐."

"네!"

영재와 아이들은 각자 흩어져 집 안을 샅샅이 뒤지기 시작했다. 다이아몬드 크기가 워낙 작으니 찾기가 만만치 않을 것이다. 하지만 비싼 다이아몬드를 아무 데에나 함부로 두지는 않았을 터. 안방에 있는 개인 금고부터 시작해서 창고와 거실, 주방 싱크대까지 구석구석 빼놓지 않고 살펴봤다.

그런데 한참 거실을 뒤지던 영재는 부인의 행동이 수상하게 느껴졌다. 부인이 영재의 눈치를 살피며 자꾸 마당을 내다보는 것이었다.

'뭐야? 마당에 둔 거야? 다이아몬드를?'

보물 상자에 넣어 마당에 묻기라도 한 걸까? 영재는 거실을 다 뒤진 후 마당으로 나갔다. 부인은 영재가 밖으로 나가자 흠칫 놀라더니 이내 아무렇지도 않은 척했다. 역시 수상하다.

바로 어제 다이아몬드를 받았으니 만약 땅속에 묻었다면 흙을 팠다 묻은 흔적이 남아 있을 것이다. 그런데 마당을 아무리 둘러봐도 그런 흔적은 없었다.

'다이아몬드를 배추에 넣었듯이 혹시 꽃잎이나 화분 같은 데 숨긴 게 아닐까?'

영재는 화분들과 꽃잎 하나하나까지 살폈다. 마당이 그리 넓지는 않았지만 손톱보다 작은 다이아몬드를 찾으려고 하니 쉽지 않았다. 그런데 막 연못 근처를 살펴볼 때였다. 얼핏 연못을 보니 물고기가 하나도 없었다. 오랫동안 관리하지 않은 것 같았다. 물이 제법 깊은지 아니면 워낙 더러워 그런지 물속이 들여다보이지 않았다.

다시 다른 곳을 찾아보려고 할 때였다. 영재의 눈에 띈 게 있었으니, 바로 연못가에 빙 둘러놓은 커다란 돌들이었다. 그런데 그 돌들 중 하나가 비어 있었다.

'이 돌은 어디 갔지?'

촘촘히 붙어 있는 돌 사이에서 마치 이 하나가 빠진 것처럼 비어 있는 자리. 영재는 순간 뭔가가 떠올랐다.

'혹시?'

같은 시간, 태산이는 다른 방을 뒤지다 거실로 나왔다. 그런데 부인이 거실에서 마당을 보며 안절부절못하는 게 아닌가. 무슨 일인가 궁금해하며 마당을 보니, 영재 선배가 연못가에서 생각에 잠겨 있었다. 부인이 태산이의 인기척을 느꼈는지 얼른 못 본 척했다.

'마당에 뭐가 있나?'

태산이는 마당으로 나갔다. 영재는 빨랫줄을 받쳐 놓은 긴 장대를 빼고 있었다. 태산이가 물었다.

"선배, 뭐 해요?"

"연못 좀 보려고."

다이아몬드를 연못에 숨기기라도 했단 말인가! 태산이는 영재의 말이 의아했다.

그사이 하수도 마당으로 나왔다. 거실에서 보니, 영재가 하는 행동이 예사롭지 않았기 때문이다. 영재는 장대를 연못에 넣고 휘휘 저었다. 하수가 깜짝 놀란 표정으로 물었다.

"왜요? 연못에 뭐가 있어요?"

영재는 미소 짓기만 할 뿐 대답이 없었다. 그때 태산이는 영재가 왜 연못을 뒤지기 시작했는지 눈치챘다. 연못을 빙 둘러놓은 돌들 중 한 자리가 빈 것을 태산이도 본 것이다.

바로 그때였다.

"딱!"

장대 끝이 뭔가에 부딪히는 소리가 들렸다. 아이들이 동시에 영재를 쳐다봤다. 영재는 바지를 걷고 연못으로 들어갔다.

　　하수가 거실 쪽을 보니 부인은 체념한 듯 바닥에 주저앉아 유리창으로 밖을 내다보고 있었다. 느낌상 연못에 다이아몬드를 감춘 게 맞는 듯했다.

　　영재가 연못에 들어가더니 커다란 돌 하나를 들어 올렸다. 둥글둥글하니 연못 주위에 둘러놓은 것과 비슷한 모양이었다. 영재가 돌을 옆으로 내려놓자마자 돌이 있던 자리에서 네모난 모양의 박스가 검은 비닐봉지에 싸여 둥실 떠올랐다. 태산이가 얼른 소리쳤다.

　　"선배, 저거요!"

영재는 박스를 가지고 연못 밖으로 나왔다. 비닐봉지를 열어 보니, 네모난 스티로폼 박스였다. 물이 들어가지 않게 테이프로 빈틈없이 봉해져 있었다. 테이프를 다 뜯어내고 열자 다시 완충 포장용 에어캡으로 단단하게 싸여진 게 나왔다. 모두 다 제거한 뒤 나온 것은 바로 다이아몬드였다!

"와!"

셋은 동시에 소리를 질렀다. 여덟 개나 됐다. 영재와 아이들은 서로 보며 웃었다. 영재가 다이아몬드를 증거물 봉지에 조심스레 담는 동안 하수가 물었다.

"어떻게 연못 속에 있는 줄 알았어요?"

"돌. 여기 있어야 될 돌이 없더라고. 사실 더 정확하게 말하자면 부력 때문이지."

"부력이요?"

하수가 다시 묻자 영재가 태산이에게 시켰다.

"강태산, 네가 설명해 줘."

태산이는 영재와 같은 물리 형사. 당연히 부력에 대해 알 거라 생각한 것이다.

"물에 잠긴 물체는 위로 밀어 올리는 힘을 받는데, 그 힘이 부력이야. 지구가 끌어당기는 힘인 중력과 반대 방향으로 작용하지. 물에 누워 힘을 빼면 몸이 떠오르는 게 느껴지잖아? 그게 바로 부력이야."

태산이가 설명하자 하수도 기억이 났다.

"맞다. 물 위에 배가 뜰 수 있는 것도 부력 때문이잖아."

"그렇지. 부력은 물체의 부피가 클수록 커지거든. 또 물체의 무게가 가벼울수록 중력이 작기 때문에 물에 더 잘 뜰 수 있어. 스티로폼 상자는 가벼운 데다 부피가 크기 때문에 물에 잘 뜨지."

공기 중에도 부력이 있다?

부력은 물에서만 나타나는 현상이 아니야. 다른 액체나 기체 속에 있을 때도 마찬가지로 작용하지. 하늘에 기구가 뜰 수 있는 것도 부력이 작용하기 때문이야. 물론 부피가 클수록 부력도 커지지. 그래서 풍선은 크게 불수록 더 잘 떠올라. 사람이 공기의 부력으로 공중에 뜨려면 얼마나 큰 풍선이 필요할까? 풍선 안에 어떤 기체를 채우느냐에 따라 달라지지만 지름이 거의 5미터에 이르는 풍선이 필요하대.

하수도 이제 알겠다는 듯 말했다.

"아, 그러니까 서인국이 다이아몬드를 담은 스티로폼 상자가 물에 뜨지 않게 하려고 돌을 올려놓았는데, 연못가 돌이 없어진 걸 보고 선배가 알아차린 거군요!"

"자, 이제 다 알았으면 가 볼까?"

차를 타고 경찰서로 돌아오며 태산이가 물었다.

"선배, 그런데 마당에 있을 거라는 건 어떻게 아셨어요?"

"너도 봤잖아. 부인이 계속 마당을 보며 불안해하던 거."

굉장한 눈썰미다. 게다가 태산이가 눈치챈 것까지 알고 있다니. 눈이 대여섯 개라도 달렸나. 정말 대단한 선배다. 영재의 대활약으로 결국 증거물까지 완벽하게 찾아내 멋지게 사건을 해결했다.

다음 날 양성미도 경찰서로 불려 와 조사를 받았다.

"아는 분 생신이라고 선물을 꼭 좀 전해 달라고 해서 그런 줄로만 알았어요. 정말이에요."

예상대로 이요섭의 부탁으로 소포를 전달했을 뿐이라는 것. 태산이가 물었다.

"무슨 선물이라고 하던가요?"

"원두커피요."

서인국은 이요섭이 다이아몬드를 작은 비닐에 넣은 후 원두커피 안에 섞어 보냈다고 자백했다. 좀 더 조사해 봐야겠지만 현재로서는 다조아 봉사 단체에서 조직적으로 밀수한 건 아닌 것 같았다. 저녁때쯤 이요섭이 나미비아에서 인터폴에 체포됐다는 소식도 전해졌다.

경찰서에 실습을 나오자마자 큰 사건을 해결한 태산이와 하수. 물론 영재 선배가 거의 다 하고, 자신들은 도왔을 뿐이지만 그래도 수사에 도움이 되어 정말 기뻤다. 서장님도 역시 CSI라며 칭찬해 주었다.

태산이는 영재 선배가 정말 멋져 보였다. 형사 학교 시절에도 천재 소리를 들었다더니 현장에서의 능력도 남달랐다. 태산이는 처음으로 영재 선배처럼 멋지고 능력 있는 형사가 되고 싶다고 생각했다.

그날 저녁, 아이들은 퇴근길에 놀라운 장면을 목격했다. 영재 선배가 경찰서 앞에서 한 여자와 만나 팔짱을 끼고 가는 게 아닌가!

하수가 먼저 보고 놀라 태산이에게 말했다.

"태산아, 저기 봐. 선배 여자 친구인가 봐."

사건을 해결했으니 오랜만에 여자 친구를 만나는가 싶었다. 태산이도 놀랐다.

"영재 선배, 여자 친구가 있는 줄 몰랐네. 여러 모로 능력자인데."

그러다 다음 순간, 더 놀라운 일이 벌어졌다. 서로 마주 보며 웃는 모습이…… 많이 본 얼굴이 아닌가! 하수가 물었다.

"가만, 저 사람 황수리 선배 아냐?"

맞다. 바로 황수리다. CSI 2기, 황수리. 태산이와 하수는 너무 놀라 어안이 벙벙했다.

"어떻게 된 거지?"

어떻게 되긴. 둘이 사귀기 시작한 거지. 선후배 사이로 학교도 같이 다녔고 둘 다 물리 형사였으니 통하는 점도 많았을 것이다. 그나저나 소문을 내야 되나, 말아야 되나?

 ## 태산이가 들려주는 사건 해결의 열쇠

다이아몬드 밀수범들을 잡았지만 그들은 남은 다이아몬드가 없다고 잡아뗐지. 하지만 연못 속에 숨겨 놓은 다이아몬드를 찾을 수 있었던 건 부력에 대해 잘 알았기 때문이야.

💡 부력이란?

지구에 있는 모든 물체는 지구 중심을 향해 떨어져. 왜냐하면 지구 중심 방향의 힘인 중력을 받기 때문이지. 물에서도 마찬가지야. 그런데 물에서는 또 다른 힘도 작용해. 바로 물체를 떠받치는 힘, '부력'이지.

〈부력〉

수영장에 들어가 누워서 가만히 힘을 빼 봐. 어때? 몸이 떠오르는 걸 느낄 수 있지? 부력이 우리 몸을 받쳐 주기 때문이야. 우리가 물에 빠지지 않고 수영을 할 수 있는 것, 또 물 위로 배가 다닐 수 있는 것 등이 모두 부력이 있기 때문이지.

부력을 처음 발견한 사람은 바로 고대 그리스의 물리학자 아르키메데스였어. 어느 날 왕이 그를 불러 왕관이 순금이 맞는지 알아내라고 명령했어. 방법을 고민하던 아르키메데스는 물이 가득 담긴 욕조에 몸을 담그는 순간, 욕조 밖으로 물이 넘치는 것을 보고 깨달았지.

'액체 중에 있는 물체는 그 물체가 밀어낸 액체의 무게만큼 부력을 받는다.'

바로 아르키메데스의 원리(부력의 원리)를 발견한 것이지. 아르키메데스는 이 원리를 이용해 왕관과, 왕관과 같은 무게의 순금을 같은 양의 물이 가득 담긴 그릇에 넣었어. 그리고 두 그릇에서 밖으로 넘치는 물의 양이 다르다는 걸 확인했지. 그건 서로 부력이 다르다는 뜻. 즉 왕관이 순금이 아니라는 얘기였지.

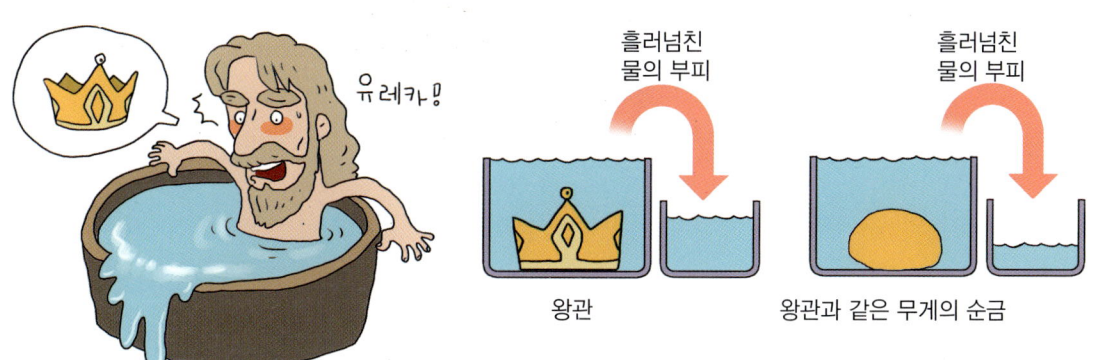

〈부력의 원리〉

💡 배가 뜨는 원리는?

모든 물체는 중력을 받아 아래로 떨어지지. 물속에서도 마찬가지야. 그런데 무게가 같은 나무와 쇠를 물속에 넣으면 나무는 둥둥 뜨는데 쇠는 가라앉아. 이유가 뭘까?

바로 부력이 다르기 때문이야. 같은 무게라는 건 같은 크기의 중력이 작용한다는 뜻이야. 그런데 쇠에 작용하는 부력은 그 중력보다 작기 때문에 가라앉고, 나무에 작용하는 부력은 그 중력보다 크기 때문에 떠 있지.

〈배가 뜨는 원리〉

부력은 부피가 클수록 커져. 쇠로 만든 배가 물에 뜨는 것은 배의 속을 비우고 얇게 펴서 부피를 크게 만들었기 때문이야. 그럼 부력도 커지니까 배가 가라앉지 않고 물 위에 뜨는 거야.

💡 잠수함의 원리는?

잠수함도 부력을 이용해. 부피는 그대로 두고 무게를 줄이거나 늘려서 물에 떠올랐다가 가라앉았다가 하지.

잠수함 안에는 부력 탱크라고 하는 커다란 통이 있어. 이 부력 탱크에 바닷물을 가득 채우면 잠수함의 무게가 늘어나. 그럼 부력보다 중력이 커지니까 잠수함은 가라앉아. 반대로 물 위로 떠오르고 싶을 땐 부력 탱크에서 바닷물을 빼내. 그럼 무게가 가벼워지고 중력보다 부력이 커지니까 다시 위로 떠오르지.

스티로폼 상자는 가벼워서 작용하는 중력이 작은 데다 부피가 커서 부력이 커. 그래서 스티로폼 상자는 물에 잘 떠. 그럼 스티로폼 상자를 물속에 가라앉게 하는 방법은 뭘까? 바로 무게를 늘리는 거야. 돌같이 무거운 물건을 올려놓으면 무게가 늘어나 중력이 커지니까 물에 떠오르지 않지.

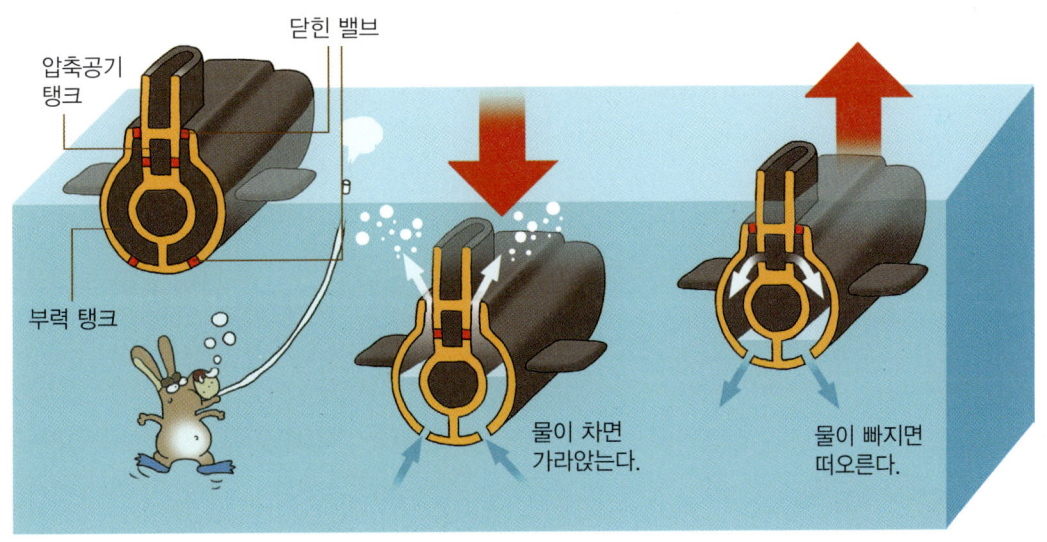

〈잠수함의 원리〉

그러니까 생각해 봐. 영재 선배는 연못에 둘러놓은 돌 중에 하나가 없어진 것을 보고, 연못 속에 무언가 넣었는데 그것이 부력 때문에 떠오르는 걸 막기 위해 돌을 썼다는 생각을 해냈지. 정말 최고의 형사지?

핵심 과학 원리 | 배설과 오줌

좀도둑을 잡아라!

차원이는 문득 허인희의 집에서 없어졌다는 탁상시계가 생각났다.
거기에도 학교 마크가 그려져 있었다고 했다.
'학교 마크가 찍힌 물건을 꼭 가져간다? 이유가 뭘까?'

 연쇄 절도 사건

　태산이와 하수가 맹활약하는 사이, 마리와 차원이는 형사과가 아닌 경비교통과에 배치받아 주로 순찰 임무를 수행하고 있었다.

　태산이와 하수가 가자마자 형사과에, 그것도 영재 선배 팀에 배치받아 다이아몬드 밀수 사건에 투입됐고 그걸 또 멋지게 해결했다는 소식을 들으니 차원이는 은근히 부러웠다. 학교가 아닌 실제 현장에서 형사들과 함께 멋지게 사건을 해결하고 싶었기 때문이다. 그래도 마리랑 같이 순찰을 돌 수 있어 다행이었다.

　하지만 말이 순찰이지 기존 팀에 끼어 들어간 거라 순찰을 자주 나가지도 않았다. 아침에 한 번, 오후에 한 번, 가끔 밤 근무 한 번. 나머지

시간은 커피 심부름부터 복사 심부름, 점심 주문 등 주로 경찰들의 뒤치다꺼리를 했다.

이전 같았으면 잔심부름이나 하라는 얘기에 금방 파르르했을 차원이지만 그새 많이 변했다. 선배들도 다 그렇게 했고 또 거기에서도 배울 게 있을 거라 생각하는 겸손한 마음이 생겼다고나 할까? 역시 고난은 사람을 성숙하게 하나 보다.

일주일이 지났다. 차원이만 야간 근무를 하는 날이었다. 김성식 순경과 한 조가 되어 대학동 근처를 순찰 도는 게 오늘의 임무다. 대학동은 우리나라에서 5위 안에 드는 우수대학교가 있는 곳. 그래서인지 밤 9시가 넘었는데도 학생들로 북적북적했다. 카페도 많고, 술집도 많고, 연인들도 많고.

연인들이 즐겁게 웃으며 가는 모습을 보니 차원이는 부러웠다. 얼른 대학생이 되어 마리랑 데이트를 하면 얼마나 좋을까 하는 상상을 하며 혼자 얼굴이 발개졌다. 그때 무전이 왔다.

"대학동 95번지 영지빌라 103호, 절도 신고! 출동 바람!"

95번지는 바로 근처였다. 김 순경이 대답했다.

"독수리 31 출동한다!"

김 순경은 재빨리 순찰차를 몰아 영지빌라로 갔다. 다세대 주택으로 대학가에서 이런 집들은 대부분 대학생들이 자취하는 건물이다. 신고한 사람은 대학교 3학년, 허인희라는 학생이었다.

"집에 왔는데 현관문이 열려 있는 거예요. 분명히 잠그고 나갔는데."

집에 들어가 봤더니 난장판이 되어 있더라는 것. 정말 옷이며 책이며 마구 뒤섞여 흐트러진 게 누군가 뒤진 흔적이 분명했다.

김 순경이 물었다.

"없어진 게 뭐죠?"

"노트북이요. 책상 서랍에 현금 10만 원 정도 있었던 것하고. 아! 침대 옆에 있던 탁상시계도 없어졌어요."

김 순경이 기록하며 물었다.

"탁상시계. 그건 비싼 건가요?"

"아니요. 학교 마크가 찍혀 있는 건데, 비싼 건 아니에요."

"쯧쯧. 좀도둑은 좀도둑이구먼. 그런 걸 뭐 하러 가져가나그래. 요즘 좀도둑이 아주 기승을 부려요."

김 순경의 혼잣말을 듣고 차원이가 물었다.

"도둑 든 집이 또 있어요?"

"그래. 벌써 세 번째야. 일주일 간격으로 일어나니 원······."

"그런데 아직 못 잡았어요?"

"그렇지. 빈집 털이인 데다 훔쳐 가는 것도 노트북, MP3, 뭐 이런 거 하고 현금 조금 정도니까. 형사 1과에서 수사하고 있는데 별 진전이 없나 봐. 학생, 문 잠그고 나간 거 맞아요?"

"네. 분명히 잠갔어요."

"그럼 어디로 들어왔지?"

김 순경이 두리번거리자 차원이가 얼른 대답했다.

"창문으로 들어왔겠죠. 창살도 없고 1층이니까 어렵지 않게 들어왔을 거예요. 건물 뒤쪽으론 사람들이 잘 안 다니죠?"

허인희가 고개를 끄덕이며 대답했다.

"응. 막다른 골목이라."

차원이는 지문을 채취해서 증거를 확보하고 싶었지만 감식 키트가 없었다. 차원이가 말했다.

"제가 나가서 뒤쪽도 보고 올게요."

좀도둑을 잡아라! 97

"어, 그래. 난 사진 찍고 있을게."

차원이는 도둑이 창문으로 들어온 게 맞는지 알아보기 위해 건물 뒤쪽으로 갔다. CCTV도 없는 외진 골목이었다. 창문 높이로 봐서 한 번에는 못 올라갈 높이였다. 예상대로 벽을 발로 한 번 디디고 올라간 신발 자국이 나 있었다. 하지만 미끄러지는 바람에 쓸린 자국으로 남아 증거가 될 수는 없었다.

다시 집 안으로 들어가자 김 순경이 전화를 하고 있었다.

"맞아요. 거기 1층. 사진은 다 찍었어요. 네. 들어갈게요."

그러더니 전화를 끊고 허인희에게 말했다.

"내일 형사과에서 전화할 거예요. 그때 다시 자세히 말씀해 주세요."

허인희가 놀란 표정으로 물었다.

"그냥 가시는 거예요?"

차원이도 물었다.

"지문 채취도 안 하고요?"

"에이, 요즘 지문 남기는 도둑이 어디 있어. 그럼 문 잘 잠그세요."

그러고는 먼저 휑하니 나가 버리는 게 아닌가. 할 수 없이 차원이도 따라 나왔다. 김 순경이 순찰차에 타며 말했다.

"이 사람아, 지문 채취는 그냥 하나? 키트가 있어야 하지."

"지금이라도 가져와서 해야죠."

"그건 형사과에서 할 일이지. 서승환 반장님이 알아서 하실 거니까 넌 신경 쓰지 마."

차원이는 답답했다. 초동 수사가 얼마나 중요한데……. 특히 지문 같은 건 빨리 채취하지 않으면 지워질 확률이 높다. 그건 범인을 눈뜨고 놓치는 꼴이 아닌가.

경찰서에 돌아오자 더 황당한 일이 벌어졌다. 절도 사건을 담당하는 형사 1과 서 반장에게 사진 자료를 전해 주러 갔는데, 서 반장이 김 순경을 보자마자 짜증부터 냈다.

"뭐야, 정말! 바빠 죽겠는데 좀도둑들까지 자꾸 설치고 다녀."

김 순경이 사진기의 메모리 카드를 주며 말했다.

"그러게요. 여기 사진 찍은 자료예요."

"수고했어."

서 반장은 옆에 앉은 송민철 형사에게 넘겨주며 대뜸 말했다.

"저장해 놔."

송 형사가 물었다.

"안 보시고요?"

"지금 시간이 몇 신데. 나 먼저 간다."

차원이는 황당했다. 벌써 10시가 넘었고 좀도둑이 저지른 가벼운 절도 사건이긴 하지만 너무 성의 없이 수사하는 것 같았기 때문이다. 차원이가 나가려는 서 반장을 불렀다.

"서 반장님, 그런데 지문 채취랑 현장 감식은 언제……."

차원이의 말이 끝나기도 전에 서 반장이 날카롭게 쏘아붙였다.

"누구야, 너?"

첫날 왔을 때 분명히 부서마다 돌며 인사했는데, 그새 잊어버렸나 보다. 차원이는 갑작스런 물음에 당황하며 대답했다.

"저, 전 어린이 형사 학교……."

서 반장은 그제야 생각난 듯 말했다.

"아, 맞다! CSI인가 뭔가라고 했지. 경비교통과 아닌가?"

그러자 얼른 김 순경이 나섰다.

"네. 맞아요. 저랑 같은 조예요. 반장님 그만 들어가세요. 제가 알아듣게 얘기하겠습니다."

서 반장은 뒤도 안 돌아보고 나가 버렸다. 차원이는 말문이 막혀 아무 말도 못하고 있는데 송 형사가 김 순경에게 말했다.

"죄송해요. 요즘 사건이 많아서 좀 예민하세요."

차원이는 좀도둑이라고 대수롭지 않게 생각하면서 대강 수사하니까 못 잡는 것 아닌가 싶었다.

"고차원, 그건 형사과에서 알아서 할 일이라고 했잖아."

"죄송해요."

차원이는 김 순경을 곤란하게 한 것 같아 사과했다. 여전히 아쉬웠지만 어떻게 해 볼 방법이 없었다.

 절도 사건을 맡다

이틀 후. 경찰서 복도를 지나가는데 복도가 쩌렁쩌렁 울리도록 서 반장이 소리를 지르고, 그 옆에서 송 형사가 절절매며 따라가고 있었다.

"또? 아이, 짜증 나. 바빠 죽겠는데! 알았어. 내가 서장님한테 얘기할게."

차원이가 김 순경에게 물었다.

"서 반장님, 왜 저렇게 화나셨어요?"

"또 절도 신고가 들어왔거든. 아무래도 동일범의 소행 같아. 좀도둑 말이야."

김 순경의 얘기인즉 바쁜데 좀도둑 사건이 또 발생해 화가 났다는 것. 차원이는 당연하다는 생각이 들었다. 그렇게 수사를 대강하는데 아무리 좀도둑이라고 해도 잡힐 리가 있겠는가.

그런데 잠시 후, 서 반장이 경비교통과로 오더니 다짜고짜 소리쳤다.

"고차원, 한마리가 누구야?"

"네? 전데요!"

차원이와 마리가 동시에 벌떡 일어나며 대답했다. 그러자 서 반장이 뒤돌아 나가며 말했다.

"따라와!"

마리가 차원이에게 무슨 일인지 아느냐는 표정으로 물었다. 차원이도 이유를 몰라 어깨를 으쓱할 뿐이었다. 형사과로 가자 서 반장이 대뜸 말했다.

"좀도둑, 너희가 잡아."

가만, 지금 이게 무슨 소리인가! 그러니까 연쇄 절도 사건의 범인을 차원이와 마리더러 잡으라는 말? 아까 서장님한테 보고하러 간다더니 서장님이 시켰나 보다.

"너희가 CSI라면서? 서장님 말씀으로는 굵직굵직한 사건도 많이 해결했다던데? 그럼 좀도둑은 금방 잡을 거 아냐."

서 반장이 비아냥거리는 이유를 모르는 마리는 의아한 얼굴이었지만 차원이는 오히려 잘됐다 싶었다. 이대로 뒀다가는 계속 피해자가 늘 수밖에 없다. 솔직히 수사에 참여하고 싶었지만 소속 부서가 달라 선뜻 나설 수 없어 답답하기도 했다.

"네. 해 보겠습니다."

차원이의 대답에 마리가 놀라 어쩔 셈이냐는 표정을 지었다. 차원이는 괜찮다는 듯 눈을 찡긋했다. 옆에서 보고 있던 송 형사도 걱정하며 물었다.

"정말 너희끼리 할 수 있겠어?"

"그럼 도와주든지."

서 반장이 끼어들어 말하고는 휑하니 나가 버렸다. 송 형사가 괜스레 미안해했다.

"서 반장님이 요즘 일이 좀 많아서……. 너희가 이해해라. 그리고 도와줄 거 있으면 말해."

차원이는 얼른 고개 숙여 인사했다.

"네. 감사합니다. 잘 부탁드립니다."

마리도 얼결에 인사했다. 형사과에서 나오자마자 마리가 물었다.

"뭐야? 이 사건, 차원이 넌 알아?"

차원이는 마리에게 이틀 전에 있었던 일을 이야기했다. 다 듣고 나더니 마리도 의욕을 보였다.

"그래. 우리가 해 보자. 사실 나도 순찰만 도니까 몸이 좀 근질근질하더라고."

차원이는 기뻤다. 마리와 단둘이 수사를 하다니! 더 가까워질 기회가 되지 않을까 두근두근 기대되었다.

차원이와 마리는 먼저 오늘 도둑이 들었다고 신고한 집부터 가 보기로 했다. 이번에도 대학생 자취방이었다. 이름은 장훈.

"수업 듣다 아침에 깜빡하고 문을 안 잠그고 온 게 생각났어. 그래서 점심시간에 잠깐 들러서 잠갔는데, 그때까지만 해도 나올 때랑 똑같이 멀쩡했거든."

학교에 다시 가서 남은 수업을 마저 듣고 한 시간 뒤에 돌아왔는데, 문이 잠겨 있는 상태에서 집 안이 난장판이 되어 있었다고 했다.

차원이가 집 안을 둘러보다 창문이 반쯤 열려 있고 창문 앞에 의자가 놓여 있는 걸 발견했다.

"창문으로 들어왔다 나갔나 본데요."

그러자 장훈이 말했다.

"아니야. 창문은 잠겨 있었어. 창으로 들어올 수는 없었을 거야. 창밖이 바로 길가라서 거의 안 열어 놓거든."

"그럼 아침에 문이 열려 있을 때 들어와 숨어 있다가 문이 잠기니까 창문을 열고 도망간 거네요."

마리의 얘기에 장훈이 끄덕였다.

"아마도 그런 것 같아."

차원이가 물었다.

"없어진 건 뭐죠?"

"현금 3만 원하고 책 몇 권 그리고 학교 티셔츠 한 벌. 엠티 갈 때 입으려고 빨아서 널어놓은 걸 가져갔더라고."

"학교 티셔츠요?"

차원이가 다시 물었다.

"응. 가슴에 우수대학교 마크랑 영문 머리글자 쓰인 거 있잖아. 뭐 비싼 옷은 아니지만."

차원이는 문득 허인희의 집에서 없어졌다는 탁상시계가 생각났다. 거기에도 학교 마크가 그려져 있었다고 했다.

'학교 마크가 찍힌 물건을 꼭 가져간다? 이유가 뭘까?'

마리는 지문을 채취하고, 차원이는 현장 사진을 꼼꼼히 찍었다. 그리고 경찰서에 돌아와 지문 감식을 의뢰하고 현장 주변에 설치된 CCTV를 찾아 살펴봤다.

그런데 12시 20분쯤, 주변을 자꾸 살피며 지나가는 수상한 사람이 찍혀 있었다. 카메라 각도 때문에 머리 위쪽만 찍힌 데다 화질도 안 좋아 잘 보이지 않았지만, 모자 위쪽에 "USOO UNIV"라고 쓰인 글자가 선명했다.

"우수대학교? 우수대학교 학생이 범인인가?"

마리가 말하자, 차원이가 아까 생각한 걸 얘기했다.

"이틀 전 허인희 집에서도 학교 마크가 찍힌 탁상시계가 없어졌어. 이상하지 않아?"

마리가 의견을 말했다.

"그러네. 이전 두 사건은 어땠나 보자."

아이들은 송 형사에게 이전 사건의 수사 기록을 보여 달라고 했다.

"그렇지 않아도 서 반장님이 넘겨주라고 했어. 여기."

살펴보니, 두 건도 역시 대학생 자취방에서 벌어진 절도 사건으로 없어진 건 노트북, 휴대전화, 현금, 시계, 책 등이었다. 그리고 역시나 학교 마크가 새겨진 물건들이 꼭 하나씩 끼어 있었다. 첫 번째 집에서는 학교 마크가 새겨진 머그컵이 없어졌고, 두 번째 집에서는 야구 모자가 없어졌다는 것. 그럼 CCTV에서 용의자가 쓰고 있는 모자도 훔친 거란 말인가!

차원이가 의견을 말했다.

"우수대학교 학생이 아니라, 우수대학교 학생이 되고 싶은 사람이 아

닐까? 사실 그런 거 학교에서 학생들에게 나눠 주기도 하고, 대학교 안에 있는 기념품점에 가면 얼마든지 살 수 있잖아. 굳이 훔칠 이유가 없지 않아?"

마리도 그럴 수도 있다는 생각이 들었다.

"두 가지 경우라고 볼 수 있겠지. 가난한 대학생이라서 그런 걸 살 수 없는 형편이라 도둑질을 하는 경우, 아니면 우수대학교 학생이 되고 싶은 경우."

여하튼 범행을 저지를 때마다 꼭 학교 마크가 있는 물건들을 같이 훔치는 걸로 보아, 그것에 집착하는 건 분명했다.

이상한 범인

차원이와 마리는 이전 두 사건의 피해자도 만나 보기로 했다. 먼저 첫 번째 사건의 피해자인 강수민 학생을 만났다.

"그때 얘기한 것 외에는 별 게 없어."

그러더니 갑자기 생각난 듯 말했다.

"아, 기분 나빴던 건 있다. 경찰들이 간 다음에 보니까 범인이 화장실에 소변을 보고 갔더라고. 물도 안 내리고. 더러워서 참."

마리가 물었다.

"그래서 그 소변을 어떻게 하셨어요?"

"어떻게 하긴. 얼른 물 내리고 청소했지."

하기야 아직까지 그냥 뒀을 리 없겠지. 마리가 알면서도 물어본 이유는 오줌에서 여러 가지 과학적 증거를 얻을 수 있기 때문이다. 사람의 오줌인지, 동물의 오줌인지 구분할 수 있고 또 오줌에 같이 섞여 나오는 요로상피세포로 유전자 분석까지 가능하다. 물론 오줌은 시간이 지나면 부패하기 때문에 오래

된 것으로는 유전자 검사를 해도 실패할 확률이 높지만 어쨌든 오줌은 중요한 증거물이다. 그러니 아쉬울 수밖에 없다.

두 번째 사건의 피해자 박창훈 학생 역시 지난번에 말한 게 다라고 하더니, 갑자기 떠오른 듯 소변 이야기를 꺼냈다.

> **강아지가 다리를 들고 오줌을 누는 이유는?**
>
> 강아지는 냄새를 아주 잘 맡아. 그래서 자신의 존재를 다른 강아지에게 알리기 위해 오줌을 누지. 특히 수컷들은 한쪽 다리를 들고 오줌을 눠. 다리를 들고 오줌을 누면 자신이 더 크게 보인다고 생각하기 때문이래. 또 높은 곳에 오줌을 눠서 자신의 냄새를 더 멀리 날려 보내는 걸로 자신의 존재를 더 잘 알리기 위해서라고 해.

"화장실에 소변을 보고 갔더라고. 더럽게."

마리는 점점 이상하다는 생각이 들었다. 분명 이유가 있을 것 같았다. 차원이가 의견을 말했다.

"혹시 '내가 다녀갔다' 하는 메시지가 아닐까? 가끔 범인들이 그런 메시지를 남기기도 하잖아."

"소변으로? 멍멍 강아지도 아니고, 참……."

그러니까 말이다. 강아지야 오줌을 눠서 자신의 영역을 표시한다지만 사람이, 그것도 도둑질하러 들어간 남의 집에서 소변을 본다는 것은 쉽게 이해하기 힘든 이상한 행동이다.

"허인희 학생 집은 어땠는지 물어보자."

차원이가 전화해 보았다.

"그래. 나 참 기가 막혀서. 그때 너랑 경찰 아저씨 가고 나서 보니까 도둑이 화장실에 소변을 보고 갔더라고. 기분 나빠서 한밤중에 청소 하느라 혼났다니까."

마리가 의견을 말했다.

"세 집 다 그랬다면 이건 분명히 의미가 있어."

"그렇다면 두 가지 경우겠네. 일부러 그랬거나 어쩔 수 없었거나."

"어쩔 수 없었다?"

"소변이 마려워서 도저히 참을 수 없는 상황이었다는 거지. 어떻게 도둑질할 때마다 그럴 수 있는지는 잘 모르겠지만. 정신적으로 긴장 상태라서 그러나? 왜 긴장하면 소변이 마렵기도 하잖아."

차원이의 추리를 듣는 순간 마리는 번쩍 떠올랐다.

"그래! 병인가 보다!"

"병? 무슨 병?"

"과민성 방광."

"과민성 방광? 그런 병도 있어?"

"그래. 방광은 오줌을 보관하는 곳이잖아. 우리 몸이 영양소를 흡수하고 난 뒤 남은 찌꺼기와 수분이 콩팥에서 걸러져 방광에 모이는데, 보통 250밀리리터 정도 모이면 신경이 뇌에 오줌이 마렵다는 신호를 보내거든. 하지만 보통은 방광에 오줌이 400~500밀리리터까지 차도 불편함 없이 참을 수 있어."

마리의 설명에 차원이가 물었다.

"과민성 방광은 그걸 못 참는다는 거야?"

"그렇지. 정상인은 하루에 평균 5~6회 정도 오줌을 누거든. 그런데 하루에 8회 이상 오줌을 누거나 오줌 참기가 힘들고 또 결국 참지 못하여 오줌이 새어 나오는 증상을 보이면 과민성 방광이라 할 수 있어. 말 그대로 방광이 너무 예민해져서 방광 근육이 자주 수축하기 때문에 발생하는 병이야."

차원이는 번쩍 생각이 났다.

"그럼 마지막으로 신고가 들어온 장훈 학생 집에서도 마찬가지 아니었을까? 아직 시간이 얼마 안 지났으니까 청소를 안 했을 수도 있어."

그렇다. 변기나 변기 주변에 묻은 오줌이 있다면 그걸 채취하면 된다. 차원이가 곧바로 장훈에게 전화해 물었지만 소용없었다.

"우리 집은 화장실이 안에 없어. 밖에 있는 화장실을 학생들이 공동으로 쓰거든."

이런! 정말 아쉽다. 화장실이 안에 있었다면 분명히 범인이 소변을 보았을 테고 증거를 금방 찾을 수 있었을 텐데 말이다. 하지만 차원이는 다른 좋은 방법을 생각해 냈다.

"범행 장소들이 다 가까운 걸로 봐서 범인은 근처에 사는 사람일 가능성이 커. 그러니까 인근 병원을 뒤져 보는 게 어떨까? 과민성 방광이라면 혹시 비뇨기과에서 진료받지 않았을까?"

마리와 차원이는 곧바로 CCTV 사진을 가지고 근처 비뇨기과 병원을 찾아가 보기로 했다. 모두 다섯 곳. 둘이 나눠 찾아보기로 했는데 생각보다 쉽진 않았다. 사진이 워낙 흐릿한 상태이기도 하고 각도상 얼굴이 전혀 안 보이니 알아보기가 어려웠다.

사실 범인이 과민성 방광이라는 것도 추측일 뿐이지 명확한 증거라 볼 수 없었다. 하지만 어떡하랴! 별다른 방법이 없으니 발품이라도 파는 수밖에. 그런데 마리가 마지막으로 간 병원에서 간호사가 고개를 갸우뚱하며 말했다.

"이 모자를 본 적이 있는 것 같은데. 가만, 오늘 아침에 온 학생 같아."

그러더니 환자 기록을 뒤져 한 사람을 지목했다.

"아, 이 학생이다. 양대길."

마리가 얼른 물었다.

"무슨 병으로 왔어요? 혹시 과민성 방광 아니었어요?"

"그래. 맞아."

"병원 CCTV 좀 볼 수 있나요?"

마리는 오늘 아침에 찍힌 병원 CCTV 데이터를 봤다. 그랬더니 똑같은 차림의 남자가 있었다. 이름은 양대길. 그가 범인일 확률이 높아졌다. 마리는 양대길의 주소와 전화번호를 적고 CCTV 데이터를 받아 나왔다. 그리고 곧장 차원이에게 전화해 만났다.

"찾았어. 이름은 양대길. 나이는 23세. 바로 이 근처에 살아."

마리의 말에 차원이가 의견을 냈다.

"그럼 일단 경찰서에 가서 지문 감식한 거랑 비교해 보자. 지금쯤 감식 결과 나왔을 거야."

지문 감식 결과 중에 양대길의 지문과 같은 것이 나온다면 범인이 확실하다.

아이들은 곧바로 경찰서로 갔다. 형사 1과로 가자 서 반장과 송 형사가 저녁밥을 시켜 먹고 있었다. 아이들 배에서도 꼬르륵 소리가 났.

송 형사가 아이들을 보고 말을 건넸다.

"어딜 그렇게 하루 종일 다녀. 밥은 먹었어?"

"아니요. 아직."

차원이가 대답하자 서 반장이 시큰둥한 표정으로 말했다.

"뭘 찾기나 하고 다니는 거야?"

딱히 궁금해서 물어본 것도 아닌 데다 별 기대도 안 한다는 말투였다. 차원이와 마리는 기분이 나빴다. 자신들이 어려서 믿음이 안 가는 건 이해한다. 그래도 하루 종일 이리 뛰고 저리 뛰었는데 못마땅한 듯

애기하니 속상했다. 그래서 차원이는 보란 듯이 증거물을 내밀고 보고했다.

"용의자는 양대길. 나이 23세. CCTV 확보했고, 지문 감식 결과만 나오면 돼요."

송 형사가 놀라며 말했다.

"와, 대단하다. 언제 이걸 다 했어?"

서 반장도 힐끗 쳐다보더니 이내 시큰둥하게 말했다.

"만약 지문 감식 결과, 아니면?"

차원이와 마리는 열이 확 올랐다. 다 된 밥에 재 뿌리는 것도 아니고 지문 감식 결과만 나오면 되는 상황에서 어깃장만 놓다니!

그런데 서 반장이 턱으로 책상 위를 가리키며 말했다.

"저기 나왔으니까 봐."

이미 지문 감식 결과가 나왔던 것. 아이들은 놀라 재빨리 살펴봤다. 그런데 없다. 문고리와 창문 등 집 안 곳곳에서 무려 20개가 넘는 지문을 채취했는데, 모두 다 장훈의 것이었다.

아이들의 실망한 모습을 보고 서 반장이 말했다.

"첫째! CCTV 모습은 같지만 그 사람이 장훈 집에 침입한 사람인지 아닌지에 대한 명확한 증거가 없고. 둘째! 범인이 화장실에 소변을 보고 갔다는 것도 추측일 뿐. 물론 집에 아무도 없었으니 맞을 수도 있겠지. 하지만 그렇다고 해도 증거는 안 되지. 오줌을 직접 채취해 유전자 검사 결과가 나오면 모를까."

물론 알고 있다. 그런데 그게 없으니 답답한 일이 아닌가. 아이들은 속상했다. 하루 종일 뛰어다녀 많은 것을 찾아냈는데 결과가 마뜩지 않으니 말이다. 게다가 칭찬은커녕 지적만 하는 서 반장이 너무 야속했다. 송 형사가 아이들의 마음을 읽었는지 진화를 하고 나섰다.

"아이, 그래도 하루 종일 애썼는데……. 자, 자. 너희도 가서 밥부터 먹자. 이게 다 먹고 살려고 하는 일이잖아."

그러면서 아이들을 슬쩍 데리고 나왔다.

"뭐 먹을래? 짜장면?"

하지만 아이들은 입맛이 싹 달아나 버렸다. 이 상황에 짜장면이 넘어

갈 리도 없다. 마리가 대답했다.

"아니요. 괜찮아요. 저희가 알아서 먹을게요."

그렇게 말하고 아이들은 경비교통과로 돌아와 자리에 앉았다. 몸이 천근만근, 기운이 쭉 빠졌다.

차원이는 억울했다. 수사 결과가 기대만큼 안 나온 것도 아쉽지만 열심히 수사한 노력조차 인정해 주지 않는 건 너무하다고 생각했다.

차원이의 성격을 잘 아는 마리가 위로했다.

"이런 일이 한두 번이냐. 일단 용의자는 찾았잖아. 우리 조금만 더 힘내자."

그러면서 활짝 웃는 마리. 역시 마리는 웃는 모습이 예쁘다. 오랜만에 마리의 웃는 모습을 보니, 차원이는 화가 싹 가라앉으면서 기분이 좋아졌다.

뺑소니 사건의 목격자 때문에 맘고생을 한 후, 마리는 도통 웃지 않았다. 항상 긍정 마인드로 주변 사람들에게 용기를 주던 모습도 찾아보기 힘들었다.

그런데 마리가 다시 밝게 웃으며 얘기하는 걸 보니 차원이는 참 다행이라고 생각했다. 물론 이게 다 어 교감이 계획한 일이라는 걸 아이들은 전혀 눈치채지 못했다.

 소변으로 범인을 잡다!

"이거라도 먹어."

김 순경이 아이들에게 빵과 우유를 불쑥 내밀었다.

"서 반장님이 좀 까칠하긴 해도 나쁜 사람은 아니야. 그나저나 너희가 벌써 용의자도 찾았다며? 진짜 대단하다."

서 반장과 있었던 일이 벌써 소문이 났나 보다. 차원이는 새삼 고마웠다. 겁도 많고 좀 느리긴 해도 자신들을 챙겨 주고 마음을 알아주는 건 김 순경밖에 없었다.

"잘 먹겠습니다."

마리와 차원이는 빵을 먹으며 앞으로의 수사 방향에 대해 의논했다. 차원이가 다시 기운을 차리고 말했다.

"일주일에 한 번은 남의 집에 들어가 절도를 하고 있으니까 조만간 또 일을 저지를 거야. 그러니까 증거를 잡을 방법은 하나야. 미행."

마리도 동의했다.

"그래. 내일부터 양대길을 미행해 보자."

마음을 가라앉히니 다시 길이 보이는 것 같았다. 하기야 사건이 뭐 그리 쉽게 풀리겠는가. 하루 이틀 해 본 것도 아니고 말이다. 차원이는 서 반장에게 뭔가 보여 주려고 더 조급하게 생각했던 걸 반성했다. 마음을 편하게 가지자 빵도 훨씬 더 맛있었다.

빵을 다 먹고 났을 때였다. 차원이의 휴대전화로 장훈이 전화했다.

"나 참, 기가 막혀서. 소변 찾았어."

차원이는 너무 놀라 벌떡 일어나며 소리쳤다.

"네? 소변을 찾았다고요?"

마리도 놀라 쳐다봤다.

"그래. 쓰레기 버리려다 보니까 페트병에 노란 액체가 들어 있는 거야. 뭔가 하고 열어 봤더니 우 웩, 소변인 거야."

차원이와 마리는 됐다 싶었다. 소변이, 그것도 페트병에 고스란히 담긴 소변이라면 쉽게 유전자 감식을 할 수 있다. 아이들은 곧바로 장훈 집에 가서 페트병에 담긴 소변을 가져왔다.

겨울에 오줌이 더 자주 마려운 이유

겨울에는 날씨가 춥기 때문에 여름보다 땀을 적게 흘려. 그럼 몸속에 남아 있는 노폐물을 몸 밖으로 내보낼 수 있는 방법이 오줌밖에 없잖아. 그래서 오줌의 양이 많아지고 오줌이 더 자주 마려운 거야. 또 다른 이유는 추위로 방광이 오그라들어서야. 방광이 오그라들어 있어서 오줌이 적게 차도 자꾸 화장실에 가고 싶어지는 거지.

이 소변이 진짜 양대길의 것이 맞는지 확인하려면 양대길의 DNA와 비교해 봐야 한다. 그러려면 양대길에게서 증거물을 채취해야 한다.

"양대길의 머리카락이나 칫솔 같은 게 있으면 좋은데."

마리의 말에 차원이가 의견을 말했다.

"일단 양대길의 집에 가 보자."

양대길은 대학동의 한 고시원에 살고 있었다. 고시원 관리인에게 물어보니 아직 안 들어왔다고 했다. 압수 수색 영장이 없어 마음대로 방에 들어가 볼 수는 없었다.

어쩔 수 없이 밖에서 기다리는데, 30분쯤 지났을까? 멀리 양대길이 걸어오는 모습이 보였다. CCTV에 찍혔던 옷차림 그대로였다.

"왔다! 어떡하지?"

마리가 긴장하며 묻자 차원이가 나서며 말했다.

"여기서 잠깐만 기다려."

그러더니 쏜살같이 양대길의 앞으로 뛰어가는 게 아닌가. 마리가 깜짝 놀라 말리려 했지만 이미 늦었다. 차원이가 곧장 달려가더니 양대길과 쾅 부딪혀 버렸다.

"어이쿠!"

둘 다 뒤로 발랑 자빠졌다. 양대길이 버럭 화를 냈다.

"뭐야!"

차원이가 벌떡 일어나 양대길을 일으켜 주는 척하면서 말했다.

"앗, 죄송합니다."

그런데 잽싸게 양대길의 모자를 쳐서 떨어뜨리는 차원이.

"어, 어! 야!"

양대길이 또 화를 내자 차원이가 얼른 모자를 주워 양대길의 머리에 씌워 주며 말했다.

"죄송해요. 정말 죄송합니다."

그러면서 양대길의 머리카락을 순식간에 잡아챘다 놓았다. 양대길이 소리쳤다.

"아얏!"

화가 머리끝까지 난 양대길은 벌떡 일어나더니 머리카락을 움켜쥐고 버럭버럭 고함을 질렀다.

"너 정말 뭐 하는 녀석이야?"

"어이쿠, 정말 죄송해요. 모자를 씌워 드리려다 그만……."

양대길은 분이 안 풀려 죽겠다는 표정이었다.

"죄송해요. 정말 죄송합니다."

차원이가 연신 허리를 굽혀 인사하자 양대길은 더 이상 화를 내지 못하고 씩씩대며 가 버렸다.

"어휴, 정말 재수가 없으려니까."

차원이는 양대길의 머리카락을 뽑기 위해 일부러 부딪히고 모자를 씌워 주고 난리를 친 것. 양대길이 고시원으로 들어가자 차원이는 굽힌 허리를 일으키고 마리에게 주먹을 꼭 쥔 손을 흔들어 보였다. 그러더니 증거물 봉지를 꺼내 머리카락을 담았다.

마리는 황당해 웃음이 나왔다. 차원이가 한 행동이 웃기기도 하고 또 용감하다는 생각도 들었다. 마리 쪽으로 가까이 온 차원이가 증거물 봉지를 들어 보이며 자랑스럽게 말했다.

"양대길 DNA 확보 성공!"

마리는 마음과 다르게 한마디 톡 쏘아붙였다.

"위험해. 다신 그러지 마."

차원이는 칭찬을 기대했다. 하지만 이런 마리의 반응도 싫지는 않았다. 여하튼 자신을 걱정해 준다는 뜻이니까. 아이들은 곧바로 경찰서로 가서 유전자 검사를 맡겼다.

다음 날 아침 드디어 검사 결과가 나왔다. 소변에서 검출된 유전자와 양대길의 머리카락에서 검출된 유전자가 99.9퍼센트 일치한다는 소견. 즉 양대길의 소변이 맞다는 얘기였다.

"야호! 하하하."

아이들은 좋아서 방방 뛰었다. 경찰들이 놀라 쳐다봤다. 김 순경도 깜짝 놀라 다가왔다.

"뭐야? 좋은 일 있어?"

차원이가 대답했다.

"찾았어요. 증거를 찾았어요."

"정말? 와, 멋지다!"

다른 경찰들도 다가와 대단하다며 칭찬을 해 주었다. 이제 양대길의 집에 가서 체포만 하면 된다. 김 순경이 나섰다.

"내가 같이 가 줄게."

김 순경과 함께 경찰서 현관을 나가던 아이들은 마침 들어오는 서 반장과 마주쳤다. 서 반장이 만나자마자 찡그리며 물었다.

"어디 가? 범인 안 잡아?"

그러자 김 순경이 얼른 대답했다.

"지금 잡으러 가요."

"뭐?"

"지금 잡으러 간다고요."

차원이는 말없이 유전자 검사 결과지를 내밀었다. 서 반장의 눈이 믿지 못하겠다는 듯 동그래졌다.

"다녀오겠습니다."

차원이와 마리는 꾸벅 인사하고 돌아섰다. 뒤통수에서 서 반장이 놀란 얼굴로 쳐다보는 게 느껴졌다. 차원이와 마리의 좀도둑 체포 작전은 그렇게 대성공을 거뒀다.

경찰서에 잡혀 온 양대길은 어제 부딪힌 아이가 사실은 형사였다는 사실에 기막혀하다 유전자가 일치한다는 결과지를 보여 주자 순순히 범행을 자백했다.

어릴 때 고아원에서 자랐다는 양대길. 고등학교를 졸업하면서 고아원에서 나와 대학동 주유소에서 아르바이트하며 살았는데, 대학생들이 너무 부러웠다고 했다.

"그러다 우연히 학생증을 하나 주웠어. 재미 삼아 내 사진을 붙여서 대학생 흉내를 내고 다녔는데 어딜 가든 대접이 달라지더라고. 그러니까 정말 대학생이 되고 싶어졌어."

작년부터 학원에 다니며 수능 공부를 하기도 했는데 문제는 돈이었다. 공부할 시간을 내야 하니 아르바이트를 적게 할 수밖에 없고, 생활비며 책값에 학원비에 돈은 더 많이 드는 상황이었단다. 그러던 중 우연히 문이 열린 집을 발견했고 들어가 도둑질을 시작했다는 것.

"그 집에서 우수대학교 마크가 새겨진 옷을 봤는데 순간 정말 갖고 싶은 거야."

이후로 계속 학교 마크가 그려진 모자며 시계 같은 걸 같이 훔치게 됐다고 했다. 범인을 잡긴 잡았지만 사연을 들으니 아이들은 마음이 무거웠다. 물론 도둑질을 한 건 마땅히 벌을 받아야 할 일이지만 말이다.

사건을 멋지게 해결하자, 서장이 차원이와 마리를 불러 특급 칭찬을 해 줬다. 서장실에서 나오자 송 형사가 아이들을 데리러 왔다.

"서 반장님이 부르셔."

아이들은 흠칫했다. 또 무슨 꼬투리를 잡으려고 그러나 싶어서였다. 그런데 형사과에 들어가자 서 반장이 불쑥 말했다.

"사건 하나 해결했다고 계속 으스대고 다닐 거야?"

역시 예상대로다. 아이들은 기분이 나빴다. 칭찬은 그만두고라도 화나 내지 않았으면 좋겠다고 생각했다.

서 반장이 수사 일지를 책상 위에 던지며 말했다.

"그럴 시간이 어디 있어? 해결해야 할 사건이 얼마나 많은데! 빨리 이거 읽고 수사 시작해!"

가만, 그건 곧 아이들의 능력을 인정한다는 뜻? 아이들은 얼른 수사 일지를 집어 들며 말했다.

"네, 반장님!"

차원이와 마리는 그 후로도 쭉 멋진 활약을 펼쳤다.

좀도둑을 잡아라!

 ## 마리가 들려주는 사건 해결의 열쇠

연속적으로 벌어진 대학가 절도 사건. 오리무중이던 범인을 추적해 마침내 잡을 수 있었던 건 바로 배설과 오줌에 대해 잘 알았기 때문이지.

💡 배설이란?

우리가 음식물을 먹으면 우리 몸은 영양소를 분해하고 섭취해. 이 과정에서 몸에 해로운 물질들이 생기는데, 그것을 노폐물이라고 하지. 이렇게 생긴 노폐물을 땀과 오줌의 형태로 몸 밖으로 내보내는 작용이 바로 '배설'이야. 노폐물이 몸속에 오래 남아서 쌓이면 몸에 이상이 올 수 있기 때문에 노폐물은 가능한 한 빨리 몸 밖으로 내보내야 해.

그런데 똥을 몸 밖으로 내보내는 건 '배출'이라고 해. 소화되지 않은 음식물 찌꺼기가 단순히 몸 밖으로 나오는 것이기 때문이지.

〈배설과 배출〉

💡 오줌이 나오는 과정

오줌은 콩팥(신장)에서 만들어져. 콩팥은 등 쪽에 두 개가 있는데 강낭콩 같이 생겼고 크기는 주먹만 해. 콩팥은 동맥, 정맥과 연결되어 있어서 우리 몸의 모든 피는 꼭 콩팥을 지나게 되어 있지. 피가 콩팥을 지나면 그 속에 있는 노폐물이 걸러지고, 깨끗해진 피가 다시 온몸을 돌게 돼. 콩팥은 1분마다 1리터씩, 매일 1500리터 정도의 피를 깨끗하게 하지.

걸러진 노폐물은 우리 몸이 쓰고 남은 물과 함께 오줌이 돼. 오줌의 성분은 물이 95% 정도이고, 나머지가 소금과 노폐물이야. 콩팥에서 만들어진 오줌은 오줌관을 통해 방광으로 보내져. 방광에 250밀리리터 정도의 오줌

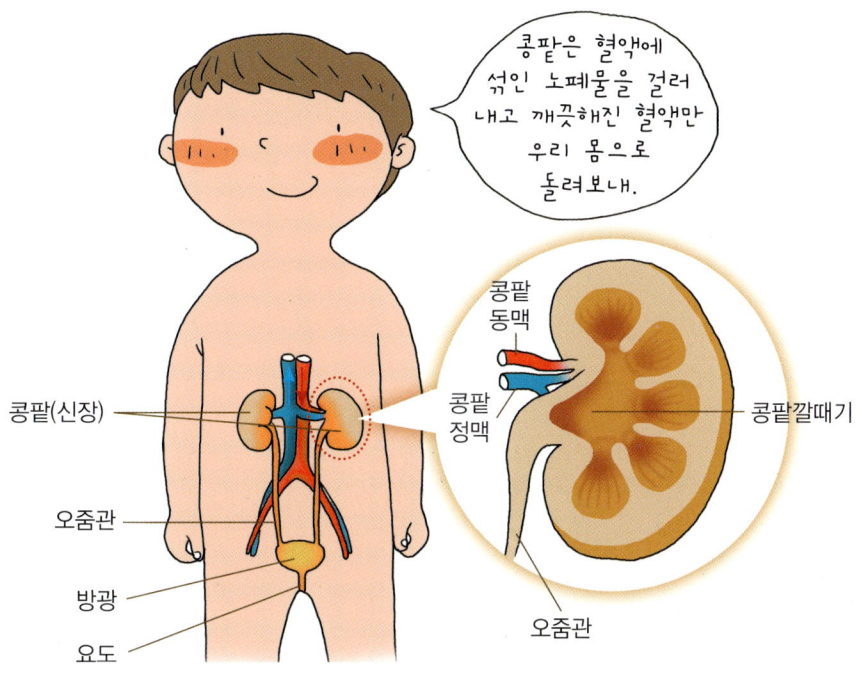

〈오줌이 나오는 과정〉

이 모이면 신경이 뇌에 오줌이 마렵다는 신호를 보내. 그럼 오줌이 요도를 통해 몸 밖으로 나오게 되지.

💡 땀이 나오는 과정

땀도 오줌과 성분이 거의 같아. 99% 정도가 물이고, 나머지는 소금과 노폐물이지. 땀은 피부에 있는 땀샘에서 만들어져. 땀샘은 작은 실뭉치처럼 생겼는데, 그 주위를 모세 혈관이 둘러싸고 있어. 땀샘에서 만들어진 땀은 피부에 있는 땀구멍을 통해 밖으로 나와. 피부에는 무려 250만 개의 땀구멍이 있지.

땀을 흘리는 건 노폐물 제거뿐 아니라 우리 몸의 체온을 조절하고 유지하는 역할도 해. 날씨가 덥거나 운동을 하고 나면 땀이 많이 나지? 땀은 수증기가 되어 공기 중으로 날아가면서 우리 몸의 열을 빼앗아. 그래서 우리 몸은 체온이 더 올라가지 않도록 땀을 흘려 체온을 조절하는 거지.

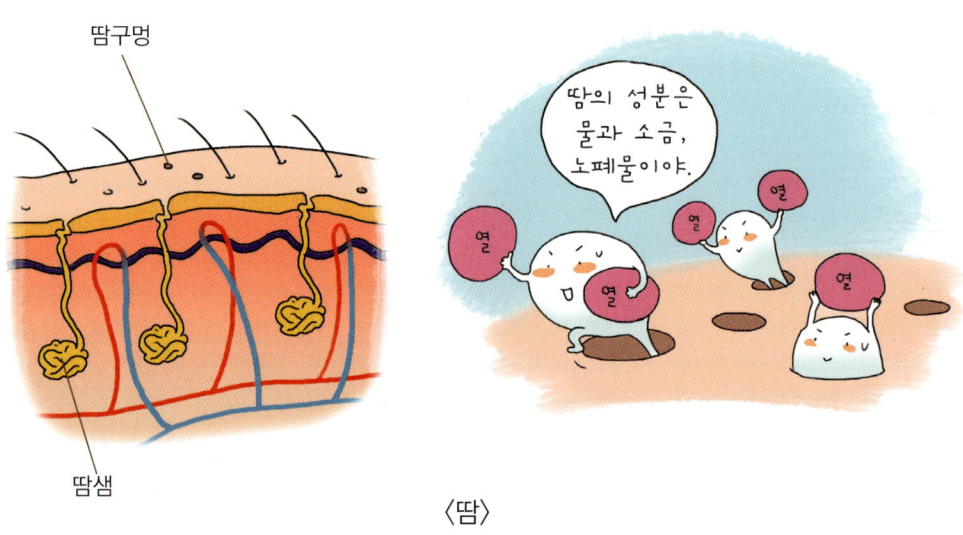

〈땀〉

💡 오줌은 중요한 증거물

오줌을 분석하면 여러 가지 과학적 증거를 얻을 수 있어. 사람의 오줌인지 다른 동물의 오줌인지 구분할 수 있고 유전자 분석도 가능하지. 오줌을 눌 때 요로상피세포가 떨어져 나오기 때문이야. 이것을 농축해서 분석하면 오줌을 눈 사람의 유전자형을 검출할 수 있어.

그런데 오줌은 액체라 범죄 현장에서 잘 보존되어 있지 않은 경우가 많아. 오줌인지조차 확실치 않은 경우도 있지. 또 오줌은 쉽게 부패되기 때문에 시간이 지날수록 유전자 분석에 실패할 확률이 높아져.

오줌뿐 아니라 땀이나 대변으로도 유전자 분석을 할 수 있어. 땀에는 피부 표면에 있는 죽은 세포가, 대변에는 장 내벽 세포가 있기 때문이지.

그러니까 생각해 봐. 도둑이 든 집에서 연거푸 오줌을 누고 간 범인. 그 이유가 과민성 방광 때문임을 알아내고, 병원에서 범인에 대한 중요한 단서를 찾았지. 또 오줌으로 유전자 검사를 해 범인을 검거할 수 있었어. 정말 대단하지?

핵심 과학 원리 　운석

사건4

폭발을 막아라!

한시라도 빨리 폭발물을 찾아야 하는데 기자들한테 일일이
대답해 주고 있자니 어 교감은 점점 화가 났다.
"지금 이럴 시간이 없습니다. 목숨이 두 개가 아니라면
빨리들 대피하세요!"

 협박 편지를 받다

한 달간의 경찰서 실습을 무사히 마치고 나니, 벌써 한 학기가 다 끝났다. 어느새 여름 방학. 방학식을 마치고 아이들은 집에 가기 위해 짐을 챙기고 있었다. 그런데 신 형사가 다급하게 아이들을 불렀다.

"사건이에요. 빨리 회의실로 모이세요."

평소 느긋하기로 유명한 신 형사가 급하게 부르는 걸 보니 뭔가 심상치 않은 사건인가 싶었다. 아이들은 챙기던 짐을 그대로 두고 곧바로 회의실로 달려갔다. 공 교장과 어 교감까지 다 모여 있었다.

"다 왔으면 설명할게."

어 교감은 편지 하나를 보여 줬다. 그런데 수신자가 바로 어린이 과학 형사대가 아닌가!

> 어린이 과학 형사대 CSI에게
>
> 평수동 어린이 미술관에 폭탄을 설치했다.
>
> 폭탄의 위치는 세 곳.
>
> 야마토(Yamato), 노스웨스트 아프리카(Northwest Africa), 앨런 힐스(Allan Hills).
>
> 폭발 시간은 오늘 낮 1시다.
>
> 현금 1억 원을 양수 역 13번 사물함에 넣어 두면 폭탄을 터뜨리지 않겠다.

차원이가 황당해하며 물었다.

"장난 편지 아니에요? 우리한테 이런 협박 편지를 보낼 이유가 없잖아요?"

그렇다. 진짜 협박 편지라면 미술관에 직접 보내든지 아니면 경찰에게 보낼 일이지, 왜 CSI를 골라 편지를 보내겠는가 말이다.

마리도 의문을 제기했다.

"그리고 어린이 미술관인데 폭탄의 위치가 야마토, 노스웨스트 아프리카, 앨런 힐스. 다 외국 지명 같은데요. 좀 이상해요."

"그래. 나도 좀 이상하다고 생각했어."

어 교감도 동의했다. 하지만 신 형사가 심각한 표정으로 말했다.

"누군가의 장난이면 차라리 좋겠지만 진짜라면 어떡하죠?"

공 교장이 물었다.

"평수동 어린이 미술관이 어떤 곳이야?"

어 교감이 인터넷 홈페이지 사진을 보여 주며 대답했다.

"네. 평수구에서 운영하는 미술관인데 규모는 그리 크지 않아요. 그런데 토요일엔 아이들이 미술 공부하러 많이 오나 보더라고요. 어떡할까요?"

모두의 시선이 공 교장에게 쏠렸다. 공 교장은 잠깐 동안 생각하더니 말했다.

"확인은 해 봐야지. 미술관에 폭발물 처리반 보내서 찾아보라고 해."

"그러다 아니면 어떡해요? 장난 편지면요?"

어 교감이 걱정하자 공 교장이 단호하게 말했다.

"만약 진짜면? 언제나 최우선은 시민의 안전이야. 빨리 폭발물 처리반에 연락하고 양수 역에도 경찰 보내."

그러더니 벌떡 일어나며 말했다.

"자, 우리도 가지."

진짜든 가짜든 만약의 사태를 대비해서라도 최소한의 안전 조치는 취해야 한다. 그러려면 한시가 급하다. 벌써 12시가 넘었으니 말이다.

 ## 폭발물을 찾아라!

황급히 차를 타고 평수동 어린이 미술관으로 이동하며 아이들은 편지에 쓰인 장소들을 검색해 봤다. 각각의 장소가 무슨 의미인지 알아내기 위해서였다.

차원이가 제일 먼저 야마토를 찾았다.

"야마토. 일본 가고시마 현 오시마 지청에 있는 마을 이름. 어, 또 있다. 일본 가나가와 현에 있는 도시, 일본 구마모토 현에 있는 곳. 으아, 왜 이렇게 많아."

태산이도 앨런 힐스를 찾았다.

"미국 뉴욕 주 앨러게니 카운티에 있는 마을, 미국 미시간 주 힐스데일 카운티에 있는 마을. 이곳도 많은데."

하수가 의견을 말했다.

"미술관이니까 작품 중에 그 세 곳을 그린 그림이 있는 거 아닐까?"

마리도 그럴 가능성이 높다고 생각했다.

"그렇겠다. 아니면 사진 같은 게 있을 수도 있잖아."

바로 그거다! 도착하자마자 야마토, 노스웨스트 아프리카, 앨런 힐스에 관한 그림이나 사진 작품이 있는지 찾아보기로 했다.

미술관에 도착한 시간은 12시 25분. 작은 미술관이라 다행히 관람객은 그리 많지 않았지만 갑작스런 대피 명령에 깜짝 놀란 부모들이 아이들을 데리고 황급히 미술관을 빠져나가고 있었다. 폭발물 처리반도 막 도착해 미술관으로 들어가고 있었다.

공 교장과 CSI가 차에서 내리자 관장이 뛰어나와 물었다.

"저희 미술관에 진짜 폭발물이 있는 겁니까?"

"확실하진 않습니다. 하지만 만약을 위해서……."

그러자 관장이 버럭 화를 냈다.

"아니 그럼 확실한 것도 아닌데 대피부터 시키고 폭발물 처리반까지 보냈단 말입니까? 아니면 책임지실 겁니까?"

공 교장이 한숨을 푹 쉬더니 낮은 목소리로 말했다.

"책임이요? 그럼 만약 폭발물이 발견되고 초기 대응 미숙으로 터진다면 관장님은 어떻게 책임지시겠습니까?"

그제야 관장은 할 말이 없는 듯 꼬리를 내렸다.

"아니, 내 말은 그게 아니라……."

하수가 얼른 관장에게 물었다.

"혹시 미술관에 야마토, 노스웨스트 아프리카, 앨런 힐스라는 곳을 그린 그림이나 사진 작품이 있나요?"

관장은 잠시 생각하더니 대답했다.

"아니. 그런 작품은 없어."

마리가 다시 물었다.

"그런 곳 출신의 작가가 그린 작품은요?"

"당연히 없지. 여긴 어린이 미술관이라 외국 작가의 작품은 없어."

아이들의 추리가 틀렸단 말인가. 그때 관장이 불현듯 물었다.

"작품도 철수해야 하나요?"

동네의 작은 어린이 미술관이지만 그래도 미술 작품들이 전시되어 있으니, 만약 폭발물이 터지면 그것 역시 문제가 아닐 수 없다.

공 교장이 대답했다.

"만약의 사태에 대비해서 최대한 철수시키는 게 좋을 것 같습니다."

관장은 고개를 끄덕이더니 다급하게 뛰어가며 직원들에게 명령했다.

"작품 철수해! 빨리!"

직원들이 미술 작품을 밖으로 옮기느라 여기저기서 난리가 났다. 어 교감은 공 교장 옆에 남아 상황을 지휘했고, 신 형사와 아이들은 미술관 안에서 폭발물을 찾기 시작했다.

미술관은 4층 건물로 큰 전시실이 하나 있고, 아이들의 교육을 위한 강의실이 세 개 그리고 사무실, 화장실, 매점, 휴게실 등이 있었다. 사람들이 자유롭게 드나드는 곳이니 범인이 마음만 먹으면 어디에든 폭발물을 설치할 수 있었을 것이다. 각자 흩어져 책꽂이며 도구함, 하다못해 쓰레기통까지 샅샅이 뒤졌지만 폭발물을 찾지 못했다. 도대체 어디에 숨겼단 말인가! 이쯤 되자 범인이 수사에 혼선을 일으키기 위해 일부러 외국 지명을 들먹인 게 아닌가 싶기도 했다.

시간은 흘러 남은 시간은 겨우 10분. 이제 만약의 사태에 대비하기 위해서라도 모두 대피해야 했다. 그때였다. 112로 걸려 온 전화가 공 교장에게 연결됐다. 놀랍게도 폭발물을 설치한 사람이라는 것. 공 교장이 얼른 녹음과 위치 추적을 하라는 눈짓을 하고 전화를 받았다. 그에 맞춰 어 교감은 녹음기를 작동시키고, 신 형사는 바로 전화 위치 추적을 시작했다.

남자는 대뜸 말했다.

"이거 미안해서 어쩌나. 시간과 장소를 바꿔야겠는데."

"뭐라고요?"

공 교장이 당황했다. 하지만 남자는 아랑곳하지 않고 재빨리 말했다.

"한 시간 뒤, 나라 공원에서 폭탄이 터질 거다. 막고 싶으면 1억 원을 미리내 역 13번 사물함에 둬라. 이번엔 경찰 보내지 말고."

그러더니 전화를 딸깍 끊어 버렸다. 공 교장이 신 형사를 쳐다보자, 신 형사가 전화로 추적한 위치를 말했다.

"나라 공원 근처예요."

그렇다면 미술관에는 폭탄을 설치하지 않았다는 말인가! 공 교장이 명령했다.

"경찰 보내!"

"네."

신 형사가 나라 경찰서에 전화했다. 그리고 나라 공원으로 출동해 수상한 사람을 찾으라는 명령을 내렸다.

어 교감이 황당한 표정으로 물었다.

"쌤, 어떡해요? 미술관에 폭탄이 없었던 걸 알면 관장이 아주 난리 날 텐데."

"지금 관장이 문제야?"

공 교장이 버럭 소리를 지르자 어 교감이 바짝 기죽어 말했다.

"아니죠, 문제가. 그럼 나라 공원은 어떡하죠? 또 대피시켜요?"

나라 공원은 어린이 미술관에서 5분 정도 거리에 있는 나라동 아파트 단지 근처의 공원이다. 규모가 크지는 않지만 나무도 많고 간단한 운동 기구도 있어서 동네 사람들이 즐겨 찾는 곳이다.

공 교장은 잠시 아무 말도 없었다. 범인이 대담하게 전화까지 한 걸로 봐서 장난이 아닌 게 분명하다. 그렇지만 거짓말에 속아 이미 한 번 사람들을 대피시키고 작품까지 철수하느라 난리를 쳤다. 그런데 이젠 또 나라 공원이란다. 정말 곤란한 상황이다. 게다가 야외라 사람들 대피시키기는 좋아도 어디에 뭘 숨겨 놨는지 찾으려면 시간이 훨씬 오래 걸릴 것이다.

어 교감이 물었다.

"전화한 사람 신원 조회 했어?"

태산이가 얼른 대답했다.

"네. 그런데 이민 간 걸로 나와요. 다른 사람 명의로 개통한 휴대전화인가 봐요."

남의 이름을 도용해서 전화할 정도라면 장난 전화는 분명히 아니다.

그만큼 철저히 준비했다는 뜻이니까.

"청장님 연결해."

공 교장은 경찰청장에게 보고하고 명령을 기다리기로 했다. 그런데 경찰청장은 지금 미국에 출장 가 있다는 것. 곧바로 미국으로 전화가 연결됐다. 공 교장이 상황을 설명하자 경찰청장이 잠시 생각하더니 말했다.

"공 교장이 잘 판단해서 해."

그건 책임도 공 교장이 지라는 말로 들렸다. 하기야 현장에 올 수 없으니 현장에 있는 공 교장의 판단에 전적으로 맡기겠다는 뜻이기도 하다. 공 교장의 어깨가 더 무거워졌다. 공 교장은 전화를 끊고 한참 고민하더니 명령했다.

"나라 공원으로 이동해."

어 교감이 대답했다.

"네! 신 형사, 미리내 역으로도 경찰 보내라고 해. 난 나라 공원에 대피 명령 내릴게."

뿐만 아니라 폭발물 처리반도 나라 공원으로 옮겨야 되는 상황. 폭발물 처리반은 경찰특공대 소속이라 공 교장이 직접 특공대장에게 상황을 전했다. 특공대장이 물었다.

"또 장난 아닙니까?"

어쩌면 또 장난일 수도 있다. 하지만 어떡하랴. 일단 찾아보는 수밖에.

 범인은 양치기 소년?

　모두 나라 공원으로 갔다. 공원 관리소에서 안내 방송으로 긴급 대피 명령을 내리자 사람들이 부리나케 공원을 빠져나갔다.

　사람들을 다 대피시켜 폭탄이 터져도 인명 피해는 없겠지만 그래도 언제 어디에서 얼마나 강력한 폭탄이 터질지 모르니 빨리 찾아야 한다. 그러나 공원에 야마토, 노스웨스트 아프리카 그리고 앨런 힐스라는 곳이 있을 리가 있나. 관리소장에게 물었지만 역시 그런 곳은 없다는 대답이 돌아왔다.

　"아무리 생각해도 그건 그냥 속임수 같아."

　차원이의 의견에 하수가 걱정스런 표정으로 말했다.

　"속임수일 수도 있지만 아니면? 장소를 가리키는 게 아니라 암호일 수도 있지 않을까?"

　그게 바로 이번 사건의 어려운 점이다. 아닐 수도 있지만 그럴 수도 있다는 것. 결국 최선을 다해 만약의 사태에 대비할 수밖에 없다. 그리고 무엇보다 답답한 건 편지에 있던 세 장소의 공통점을 아직까지 전혀 알아내지 못한 점이었다.

　아이들은 자신들이 너무 무능력하게 느껴졌다. 그동안 나름대로 사건을 잘 해결했었고, 그런 활약이 소문이 나 신문에 실리기도 했었다. 하지만 이번엔 아무리 생각해도 세 장소가 나라 공원의 어느 곳을 가리키는지 알아낼 수 없었다.

어쩌면 범인은 CSI에 대한 기사를 보거나 소문을 듣고 일부러 협박 편지를 보냈을지도 모른다. 마치 '너희가 똑똑하다 이거지. 그럼 이걸 풀어 봐'라는 뜻을 담아서, CSI의 명성에 흠집을 내기 위해서 말이다.

단서를 잡지 못한 아이들은 폭발물 제거반과 함께 나라 공원 여기저기를 뛰어다니며 폭발물로 의심되는 물건이 있나 샅샅이 뒤졌다. 하지만 수상한 물건은 어디에도 보이지 않았다.

문제는 그뿐만이 아니었다. 이 상황에 대해 SNS(소셜 네트워크 서비스)에서 난리가 난 것이다. 미술관과 나라 공원에서 대피한 사람들이 그 상황을 고스란히 SNS에 올린 것이다.

미술관에서 대피한 사람들은 처음엔 무슨 영문인지 모르고 대피 명령이 내려져 황급히 빠져나왔다는 내용과 폭발물 처리반이 온 것을 봤다는 등의 내용을 주로 올렸다.

그러다 나라 공원에서 대피한 사람들이 다시 SNS에 글을 올리고 서로 퍼 나르면서 SNS에서 온갖 추측이 난무했다. 경찰들이 장난 편지에 휘둘리는 거라는 둥, 국민 대피 연습을 시키는 거라는 둥.

게다가 눈치 빠른 기자들이 나라 공원으로 몰려들기 시작했다. 기자들은 CSI 작전 차량을 발견하고 몰려와 한바탕 질문 공세를 퍼부었다.

"CSI가 협박 편지를 받은 게 사실입니까?"

"어린이 미술관에서는 폭발물을 못 찾은 겁니까, 아니면 진짜 폭발물은 없었던 겁니까?"

"범인이 1억 원을 요구하고 있다는데, 요구를 들어줄 계획입니까?"

"범인의 신원은 파악했습니까?"

어 교감이 소동을 가라앉히려 나섰다.

"지금은 작전 수행 중이라 말씀드릴 수 없습니다. 상황이 종료되면 모두 다 말씀드리겠습니다."

그러자 또 난리가 났다.

"한 말씀만 해 주세요."

"나라 공원에는 폭발물이 있는 게 맞습니까?"

어 교감이 말했다.

"아직 발견하지는 못했지만 위험할 수 있으니 기자 분들도 대피하시는 게 좋겠습니다."

하지만 기자들은 물러날 기미가 전혀 없었다. 그들 중 한 명이 큰 소리로 물었다.

"폭탄이 진짜 있다고 보시나 보죠? 그런데 왜 못 찾는 겁니까?"

한시라도 빨리 폭발물을 찾아야 하는데 기자들한테 일일이 대답해 주고 있자니 어 교감은 점점 화가 났다.

"지금 이럴 시간이 없습니다. 목숨이 두 개가 아니라면 빨리들 대피하세요!"

그제야 기자들은 웅성거리며 흩어졌다.

마침 특공대장이 공 교장을 찾아왔다. 그러나 기대한 대답을 가져온 것은 아니었다.

"없어요. 화장실이며 나무 밑이며, 심지어 땅에 묻었나 싶어 최근에 파헤친 흔적까지 다 찾아봤는데 없어요."

그럼 또 거짓말이란 말인가. 공 교장의 얼굴이 굳어졌다. 특공대장이 볼멘소리를 했다.

"웬 정신 나간 사람이 치는 장난에 놀아나는 거 아닌가요?"

사실 그런 의심은 처음부터 했었다. 하지만 폭발물이라는데 가만히 두고 볼 수만은 없지 않은가. 결국 다시 폭발 10분 전이 되었다. 그런데 또다시 112 전화가 연결됐다. 아까 그 남자였다.

"난리들 났던데 미안해서 어쩌지. 거기가 아닌데."

그 얘기를 듣자마자 공 교장이 버럭 소리쳤다.

"너 누구야! 지금 장난하는 거야?"

그러자 남자는 목소리를 깔며 말했다.

"장난? 내가 장난하는 걸로 보여? 그러게 경찰 보내지 말라고 했는데 왜 또 보냈어. 그럴 줄 알고 시험해 본 거야."

"시험?"

그럼 이번에도 역시 거짓말이었단 말인가. 남자는 또 기막힌 소리를 했다.

"이번이 마지막이야. 이번엔 진짜라고."

그때였다. 신 형사가 전화 위치 추적에 성공했다는 신호를 보냈다. 종이에 써서 들어 보이는데, 바로 '과학관'. 그런데 남자가 거의 동시에 이렇게 말했다.

"위치 추적해서 지금쯤 알았겠지만 마지막 장소는 용수 과학관이야. 거기에 폭탄을 설치했다. 시간은 역시 한 시간 뒤. 돈은 용수 역 13번 사물함에. 이번에도 제대로 안 하면 펑! 터질 줄 알아."

말을 마친 남자는 그대로 딸깍! 전화를 끊었다. 남자는 CSI가 위치 추적을 할 것까지 알고 있었다. 혹시 내부에 스파이가 있는 건 아닌지 의심이 갈 정도로 CSI의 수사 방법을 속속들이 알고 있었다. 모두 어안이 벙벙했다.

공 교장은 의자에 풀썩 주저앉으며 한숨을 내쉬었다. 그러다 잠시 뒤 명령했다.

"과학관으로 옮겨!"

그러나 특공대장이 반대하고 나섰다.

"또요? 두 번이나 허탕 치고 또 옮기라니 말이 됩니까?"

어 교감이 공 교장 대신 말했다.

"그래도 어떡합니까. 범인이 자꾸 장소를 바꾸는데."

특공대장이 말했다.

"아무리 생각해도 우리가 장난에 휘둘리는 겁니다. '나라 공원도 아니었고 이번엔 또 과학관이란다'고 해 봐요. 난리 납니다. 지금 기자들도 다 와 있는 거 안 보이십니까?"

누가 그걸 모르나. 한 사람이라도 다치게 할 수 없으니까 그런 거지. 어 교감이 말했다.

"그럼 어떡합니까? 이번이 마지막이라니, 한 번만 더 속는 셈 치고……."

특공대장은 버럭 화를 냈다.

"안 됩니다. 똥개 훈련하는 것도 아니고. 우린 철수하겠습니다."

"그러다 진짜 폭발물이면 어떻게 합니까?"

공 교장이 설득했지만 특공대장은 완강했다.

"내가 보기엔 거짓말이에요. 정신병자한테 다들 놀아나고 있다고요."

결국 특공대장은 과학관으로 가지 않고 철수해 버렸다. 공 교장도 더 이상 말릴 수 없었다. 범인이 마지막이라고 했지만 진짜 마지막인지도 알 수 없고, 폭발물을 설치한 게 맞는지도 확실하지 않으니 말릴 구실이 없었던 것이다.

폭발물 처리반을 비롯해 특공대원들이 떠나자, 기자들이 몰려와 또 질문 세례를 퍼부었다.

"폭발물을 발견하지 못한 겁니까?"

"거짓 협박에 휘둘린 겁니까?"

"범인이 CSI한테 편지를 보낸 이유가 뭐라고 생각하십니까?"

"CSI는 지금 뭐 하고 있는 겁니까?"

기자들의 질문이 아이들의 가슴에 와서 콕 박혔다. 그러게 말이다. 지

금 이 상황에서 우리는 뭘 하고 있는가! 아이들은 아무것도 못하고 있는 자신들이 한없이 초라하게 느껴졌다.

어 교감이 당황해 공 교장에게 물었다.

"쌤, 어떡하죠?"

"어떡하긴. 우리라도 가야지."

CSI는 곧바로 과학관으로 향했다. 진짜 황당한 범인이다. 양치기 소년도 아니고 연달아 두 번이나 거짓말을 하니, 누가 믿겠는가. 하지만 어쩌면 그걸 노린 것일 수도 있다. 그러니 끝까지 해 볼 수밖에 없다.

 **폭발물을 찾다**

도착하자마자 공 교장은 과학관 관장과 만나 상의하고, 신 형사와 아이들은 곧바로 과학관 구석구석을 뒤지기 시작했다. 그런데 관장 역시 다른 사람들과 같은 반응을 보였다.

"두 번이나 거짓말을 했다면서요. 게다가 오늘이 토요일이라 관람객들도 많습니다. 폭발물 처리반도 다 돌아갔다던데."

공 교장이 물었다.

"지금 과학관 안에 있는 사람이 몇 명 정도 되죠?"

"직원들까지 합쳐서 한 100여 명 될 겁니다."

공 교장이 단호하게 말했다.

"만약 이번에도 아니라면 제가 전적으로 책임지겠습니다."

"책임이요? 어떤 책임이요?"

"물적 손해, 심적 피해 다요."

어 교감이 말렸다.

"교장 선생님!"

"괜찮아. 어떻습니까?"

그러자 관장도 동의했다.

"좋습니다. 그럼 관람객에게 대피하라고 얘기하고 직원들에겐 같이 폭발물을 찾아보게 하겠습니다."

곧바로 관람객들이 대피를 시작하고, 직원들과 CSI는 수상한 물건을 찾았다. 과학관은 모두 3층으로 된 건물. 용수구청에서 지역 어린이들의 과학 교육을 위해 운영하는 곳으로 물리, 화학, 생물, 지구과학 등 다양한 분야의 과학 전시물이 있었다.

1층에는 교육실과 사무실이 있고 2층과 3층에는 각각 두 개씩 모두 네 개의 전시실이 있었다. 아이들은 각각 전시실을 한 곳씩 맡아 폭발물을 찾았다.

그런데 2층 지구과학관을 둘러보던 하수의 눈에 번쩍 띄는 게 있었다. 바로 운석을 설명하는 패널에 쓰인 글자, 앨런 힐스! 하수는 그제야 생각나는 게 있었다.

'맞다! 앨런 힐스는 운석 이름이야! 야마토, 노스웨스트 아프리카도!'

그때 마리가 전시실로 들어오며 물었다.

"하수야, 여기도 없지?"

"마리야, 나 알았어. 편지에 있던 이름들, 화성 운석의 이름이야."

"뭐? 지역 이름이 아니라 화성 운석의 이름이라고?"

"그래. 운석은 지구 표면에 부딪히고 남은 외계의 작은 물체를 말해. 혜성이나 소행성에서 떨어져 나온 티끌 또는 태양계를 떠도는 먼지 같은 것들을 유성체라고 하는데, 이 유성체가 지구 중력에 이끌리면 대기 안으로 떨어지면서 대기와의 마찰로 인해 빛을 내며 타거든. 이것을 유성이라고 하지."

마리도 들어 본 적이 있었다.

"그래. 별똥별이라고도 하잖아."

"맞아. 바로 그 유성이 땅에 떨어진 걸 운석이라고 해. 앨런 힐스와 야마토 운석은 남극에 떨어진 운석이고 노스웨스트 아프리카는 사하라 사막에 떨어진 운석이야. 셋 다 화성에서 온 건데, 특히 앨런 힐스에선 화성에 물이 있었다는 증거가 되는 화석이 발견되어

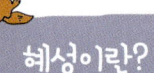

혜성이란?

혜성은 기체로 이루어진 빛나는 긴 꼬리를 끌고 커다란 타원 궤도를 따라 태양을 돌고 있는 천체를 말해. 핵, 코마, 꼬리 부분으로 이루어져 있지. 대부분의 혜성은 약 15킬로미터 이하의 크기인 핵을 가지고 있고, 지름이 150킬로미터나 되는 먼지와 기체로 이루어진 코마가 핵을 둘러싸고 있어. 꼬리는 혜성이 태양 가까이에 가면 코마의 물질들이 태양 빛과 태양에서 날아오는 입자에 의해 뒤로 밀려나면서 생기는 거야.

서 아주 유명하지."

그러자 마리가 말했다.

"그럼 진짜 여기 어디에 폭발물이 있는 거 아닐까? 찾아보자."

마리와 하수는 지구과학관 구석구석을 뒤지며 폭발물을 찾았다. 그런데 정말 있다! 마리가 전시물 뒤쪽에 놓인 상자 안에서 폭발물 하나를 발견한 것이다. 마리와 하수는 너무 기뻐 소리쳤다.

"찾았다!"

마침 3층에서 폭발물을 발견하지 못하고 2층으로 내려오던 차원이와 태산이도 그 소리를 듣고 뛰어왔다. 꽤 잘 만든 사제 폭탄이었다. 태산이가 말했다.

"이거 말고 더 있나 찾아보자."

아이들은 지구과학관을 샅샅이 뒤져 소화전 안쪽과 전시물을 받쳐 놓은 받침대 밑에서 폭발물 두 개를 더 찾아냈다. 터지기까지 남은 시간은 15분. 폭탄은 찾았지만 범인이 설정한 시간은 여전히 초를 다투며 째깍째깍 흐르고 있었다.

폭발물을 살펴보던 차원이가 말했다.

"비밀번호가 있나 봐. 여기 숫자 버튼이 있어."

"비밀번호? 그럼 비밀번호를 누르면 멈추는 거야?"

폭발을 막아라! 155

마리의 얘기가 맞을 것 같았지만 확신할 수는 없었다.

"그럴 것 같긴 한데 번호가 뭔지 알아야지."

차원이의 말이 끝나자 태산이가 다급하게 외쳤다.

"일단 가지고 나가자."

아이들은 재빨리 그러나 조심스럽게 폭발물을 가지고 나왔다. 폭발물을 찾았다는 소식에 공 교장과 어 교감, 신 형사까지 모였다.

신 형사가 폭발물을 보더니 말했다.

"폭발물마다 각각 글자가 쓰여 있어요. Yamato, NWA, AHL."

눈도 좋다. 워낙 글씨가 작아 아이들도 못 봤던 건데 신 형사는 대번에 알아본 것이다.

"Yamato 빼고 두 개는 약자 같은데요. NWA는 노스웨스트 아프리카, AHL은 앨런의 A와 힐스에서 H와 L을 딴 거고요."

하수의 추측이 맞을 가능성이 크다. 차원이가 질문을 던졌다.

"왜 폭탄에 화성 운석의 이름이 쓰여 있는 거지?"

태산이가 의견을 말했다.

"폭발물의 비밀번호를 푸는 암호가 아닐까?"

하지만 그게 어떤 숫자를 의미하는지는 알 수 없었다.

그러는 사이 어 교감이 특공대장에게 연락했다. 특공대장은 폭발물 처리반이 과학관까지 가려면 최소한 20분은 걸린다고 했다. 그럼 그때는 이미 폭탄이 터진 뒤일 것이다.

"방법은 하나예요. 최대한 멀리, 사람들이 없는 곳으로 가서 터뜨리는 거죠."

신 형사의 얘기에 공 교장은 고개를 끄덕이더니 말했다.

"그럼 내가 가지고 갈게. 가장 가까운 공터가 어디지?"

어 교감이 나섰다.

"아닙니다. 제가 갈게요. 과학관 뒤쪽으로 5분 정도 가면 공사장이 하나 있어요. 아직 땅을 고르는 단계니까 그곳이 제일 안전해요."

공 교장은 어 교감을 말렸다.

"아니야. 차에 실어 주기나 해."

 이제 남은 시간은 8분. 재빨리 공터로 가서 폭발물을 버리고, 뒤도 돌아보지 말고 달아나야 한다. 그렇지 않으면 도망치기 전에 터져 버릴 수도 있다. 공 교장이 차에 타 시동을 걸자 어 교감도 올라탔다. 공 교장이 말했다.

 "어 교감, 내려. 진이랑 진이 엄마를 생각해야지."

 아이들은 공 교장이 남편과 아이를 잃고 혼자라는 생각이 들어 마음이 아팠다. 다음 순간, 신 형사가 얼른 어 교감을 끌어내리고 자기가 타며 말했다.

 "저도 혼잡니다."

 어 교감이 차 문을 잡고 매달렸다.

"신 형사도 할머니 계시잖아."

"아이참, 이럴 시간 없습니다."

신 형사는 다시 어 교감을 밀치고 재빨리 문을 닫아 버렸고 그대로 차가 출발했다.

아이들은 이 상황을 가만히 보고 있어야 하는 게 난감했다. 물론 계획대로 성공한다면 다행이지만 만에 하나 시간을 넘겨 차에 싣고 가다 터진다면? 생각만 해도 끔찍했다.

태산이가 퍼뜩 정신을 차리고 말했다.

"이렇게 넋 놓고 있을 때가 아니야. 빨리 비밀번호를 생각해 보자. 야마토, 노스웨스트 아프리카, 앨런 힐스가 화성 운석의 이름이라면 비밀번호도 그것과 관련된 숫자가 아닐까?"

태산이 얘기를 듣고 보니 하수는 번쩍 떠오르는 게 있었다.

"맞아! 운석 이름 뒤에 따라붙는 숫자가 있어. Yamato 000593, NWA 7034, AHL 84001."

남극에서 우리나라 최초의 달 운석 발견

2013년 우리나라 남극운석탐사대는 남극 대륙 장보고기지 건설지 남쪽으로 350킬로미터 지점에 위치한 마운트 드윗(Mt. Dewitt)에서 달 운석을 발견했어. 'DEW 12007'로 이름 붙여진 이 운석은 총 중량 94.2그램으로, 발견 당시 운석 표면에서 흔히 보이는 용융각(운석의 바깥 부분이 타서 생긴 두께가 얇은 껍질)이 거의 없고, 지구 암석과 비슷해서 운석이 맞는지 판별조차 쉽지 않았지만 현미경 관찰과 전자현미경 분석 등을 통해 '달 운석'임이 확인됐지. 현재까지 국제운석학회에는 약 46,000여 개의 운석이 등록되어 있는데, 그중 달 운석은 160여 개에 불과하다.

"그래, 바로 그거야!"

아이들은 동시에 소리를 질렀다. 남은 시간은 단 5분. 어 교감이 곧장 신 형사에게 전화했다.

"거기 숫자 버튼 눌러 봐. 빨리. 야마토라 써진 건 000593."

신 형사가 얼른 숫자 버튼을 눌렀다. 긴장되는 순간, 모두 숨을 죽이고 전화기에서 흘러나오는 소리에 귀를 기울였다. 그런데 잠시 후, 띠리링~ 해제음이 들렸다!

신 형사가 소리쳤다.

"멈췄어요!"

"와!"

모두 기쁨의 환호성을 질렀다. 곧 이성을 찾은 어 교감이 다시 다급하게 물었다.

"노스웨스트 아프리카는 뭐였지?"

하수가 빨리 대답했다.

"NWA 7034요."

신 형사가 7034를 눌렀다. 또다시 띠리링~. 이번에도 비밀번호가 맞았다. 태산이가 소리쳤다.

"1분 남았어요!"

하수가 얼른 말했다.

"AHL 84001."

신 형사는 재빨리 84001을 눌렀다. 만약 이 번호가 틀렸다면 폭탄은 터질 것이다. 그럼 공 교장과 신 형사는……. 너무나 끔찍해 아이들은 생각조차 하고 싶지 않았다. 몇 초 동안의 기다림이 아이들에게는 정말 긴 시간처럼 느껴졌다.

그때 띠리링! 해제음이 들렸다. 드디어 비밀번호를 다 풀고 폭발을 막은 것이다.

"와!"

아이들은 벌떡 일어나 서로 부둥켜안고 울음을 터뜨렸다. 폭탄을 싣고 간 쪽에서도 깊은 안도의 한숨을 내쉬었다. 공 교장이 신 형사의 어깨를 두드려 주었다.

"수고했어."

전화를 통해 아이들과 어 교감에게도 말했다.

"다들 수고했어."

뒤늦게 폭발물을 옮긴 공터로 폭발물 처리반이 도착했다. 특공대장이 뛰어와 공 교장에게 사과했다.

"죄송합니다. 정말 죄송합니다."

"됐어요. 이거나 처리해 주세요."

폭발물 처리반이 고압 물대포를 쏴 폭탄 세 개를 모두 터뜨려 버렸다. 이제 안전하다. 하지만 아직 할 일이 남아 있었다. 바로 범인을 잡는 것이다.

 **황당한 범인**

아이들은 곧바로 범인을 추리했다. 아무리 돈에 눈이 멀어도 그렇지 생명을 담보로 무리한 요구를 하다니. 뿐만 아니라 무고한 시민들을 공포로 몰아넣고 공권력을 두 번이나 허탕 치게 한 것도 아주 큰 죄. 빨리 잡아서 그 죄를 물어야 한다.

태산이가 의견을 말했다.

"화성 운석의 이름을 잘 알고 있다는 건 그 분야에 관심이 많거나 전문가라는 뜻이 아닐까?"

그러자 차원이도 의견을 얘기했다.

"앞의 미술관이나 공원은 거짓이었고, 마지막 장소인 과학관이 진짜였잖아. 혹시 과학관에 원한을 가진 사람이 아닐까?"

어 교감이 관장에게 묻자 관장은 퍼뜩 떠오르는 사람이 있다고 했다.

"한 사람 있긴 한데……. 최수재라고요. 유명대학교 우주공학과를 나왔어요. 모르세요? 어렸을 때 '과학 신동'이라고 TV에도 나오고 그랬는데."

어 교감도 생각난 듯 말했다.

"아, 기억나요! 그런데 그 사람 나이가 꽤 됐을 텐데."

"네. 서른셋 정도 됐어요."

관장이 대답하자 어 교감이 다시 물었다.

"그 사람이 여기 과학관에 있었나요?"

"네. 지난달까지 계약직으로 일했어요. 어릴 때부터 유명세를 치러서 그런지 정말 똑똑한데 사람들하고는 잘 못 어울리더라고요. 사실 대학 들어가고부터 별다른 두각을 나타내지 못했고, 대학원에도 진학했지만 결국 학위를 못 받았더라고요."

여기저기 회사에 취직했지만 어느 한군데 오래 다니지 못했고, 2년 전부터 과학관에서 계약직으로 두 해를 일하고 나서 그만둔 지 얼마 안 됐다는 것.

"별일 아닌 것 가지고도 자주 화를 내고, 피해망상 같은 게 있다고나 할까요? 다른 사람이 자기를 괴롭히려고 한다거나 제대로 인정해 주지 않는다고 오해하는 것 같았어요. 아무튼 그 사람이라면 사제 폭탄쯤은 쉽게 만들 거예요."

곧바로 최수재의 집주소와 전화번호를 확보하고 집으로 출동했다. 공 교장과 신 형사도 최수재의 집 앞으로 왔다. 그런데 CSI가 도착하자, 최수재가 마치 기다렸다는 듯 나오는 게 아닌가. 어 교감이 신분증을 내밀며 말했다.

"최수재 씨, 경찰입니다."

"압니다. 어수선 교감 선생님이시죠? 그런데 CSI, 생각보다 실망입니다. 과학 영재들만 모였다기에 금방 알아낼 줄 알았더니."

아이들은 황당했다. 정말 아이들을 시험하기 위해 위험한 범죄를 저질렀단 말인가!

태산이가 물었다.

"지금 자백하시는 겁니까?"

그러자 최수재가 반가운 듯 말했다.

"네가 강태산이지! 신문에 나온 것보다 잘생겼는데."

아이들 한 명 한 명까지 전부 알고 있다는 뜻. 아이들은 오싹했다. 그때였다.

"저기다, 저기!"

어떻게 알았는지 기자들이 잔뜩 몰려오고 있었다. 그런데 더 놀라운 건 기자들을 부른 게 최수재 본인이라는 사실이었다. 최수재는 기자들이 모이자 그 앞에서 준비한 글을 읽었다.

내용인즉 자신이 그동안 과학관에서 피해를 당했다는 것이었다. 자신이 당한 부당한 대우에 대해 관장에게 여러 번 항의했으나 들어주지 않았고, 오히려 일을 그만두라고 부추겼다고 했다. 그래서 이 사실을 알리기 위해 일을 벌였을 뿐 처음부터 돈을 노린 건 아니라는 주장이었다.

최수재가 준비한 글을 다 읽자, 한 기자가 질문했다.

"만약 폭탄이 터졌으면 어쩔 뻔했습니까? 인명 피해가 생길 수도 있다는 생각은 안 했습니까?"

그에 대해 최수재가 하는 대답이 아주 기가 막혔다.

"당연히 CSI가 찾아서 끌 줄 알았습니다. 물론 생각보다 시간이 더 걸리긴 했지만 역시 제 예상대로 터지지는 않았잖아요?"

정말 황당한 사람이다. CSI를 노리고 일을 벌이다니! CSI가 폭발물을 찾지 못했다면, 또 비밀번호를 알아내지 못했다면 어떻게 됐겠는가! 아이들은 생각만 해도 끔찍했다.

기자 회견이 끝나자 최수재는 어 교감에게 다가가 손목을 내밀었다.

"이제 가시죠."

그가 왜 이렇게 극단적인 행동을 했는지, 정말 그의 말대로 과학관에서 문제가 있었는지는 좀 더 조사해 봐야 할 것이다.

하지만 이유야 어떻든 사람들의 목숨을 가볍게 여기고 무모한 일을 벌인 것은 벌을 받아 마땅하다. CSI를 상대로 한 황당한 사건은 그렇게 마무리되었다.

 ## 하수가 들려주는 사건 해결의 열쇠

CSI에게 날아온 협박 편지. 위기의 상황에서 폭발물을 찾아내고, 비밀번호를 알아내 폭발을 막을 수 있었던 건 바로 운석에 대해 잘 알았기 때문이야.

💡 운석이란?

혜성이나 소행성에서 떨어져 나온 티끌이나 태양계를 떠돌던 먼지 같은 것들을 유성체라고 해. 이 유성체가 지구 중력에 이끌리면 지구 대기 안으로 떨어지고 대기와 마찰을 일으켜 빛을 내며 타기 시작하지. 약 100킬로미터 상공에서 1초당 11~72킬로미터 속도로 떨어지는데 이것을 유성, 흔히 별똥별이라고 해.

〈유성과 운석〉

유성은 대체로 크기가 작아서 대기를 지나오는 동안 모두 타서 없어지지만 간혹 조금 더 큰 것들이 지표면까지 날아와 떨어지기도 해. 이게 바로 운석이야.

💡 운석을 구별하는 방법

운석은 돌과 비슷해 보이지만 자세히 보면 확실히 달라. 가장 큰 특징은 색깔이야. 운석은 대기권을 지나오는 동안 빛을 내며 타는데 이때의 온도가 1,800℃ 이상이야. 따라서 불에 탄 돌처럼 검은색 또는 검붉은 색을 띠지.

또 운석의 바깥 부분에는 고온에 탔다 빠르게 식으면서 1밀리미터 이하의 매우 얇은 두께의 껍질이 생기는데, 이것을 용융각이라고 해. 이 용융각이 관찰된다면 운석일 가능성이 매우 높지.

또 다른 특징은 운석이 대부분 철을 포함하고 있기 때문에 자석에 반응한다는 거야. 그래서 운석을 찾아다니는 사람들은 자석을 붙인 도구나 금속 탐지기를 이용해서 숨어 있는 운석을 찾는다고 해.

검은색 또는 검붉은색　　　　용융각　　　　철을 포함하고 있음

〈운석의 특징〉

💡 운석이 중요한 이유

운석은 태양계의 역사를 연구할 수 있는 아주 중요한 물질이야. 운석을 연구하면 태양계가 어떻게 시작됐는지 알 수 있고, 또 다른 행성에 생명체가 사는지에 대한 비밀도 밝혀낼 수 있거든. 가장 희귀하고 가치가 높은 운석은 달이나 화성에서 온 운석이야.

앨런 힐스 운석은 대표적인 화성 운석이야. 이 운석은 1984년 남극의 빙하에서 발견돼 나사(NASA, 미국항공우주국)로 보내졌어. 과학자들은 이것이 화성의 돌이라고 결론지었고 그 운석에서 '화석'으로 보이는 것을 찾아냈지. 바로 이 화석에 탄산염이라는 미세한 금빛 입자가 들어 있었던 거야. 탄산염이 있다는 건 물이 있는 장소에 있었다는 걸 의미한대. 생명체는 물이 있어야 살 수 있잖아? 그러니까 화성 운석에서 물의 흔적이 발견됐다는 것은 화성에 생명체가 살았을지도 모른다는 뜻이지.

💡 화성에서 온 운석들

운석의 이름은 대부분 운석이 발견된 장소나 분석한 사람의 이름을 따서 붙여. 'AHL 84001'은 운석이 발견된 남극의 앨런 힐스(Allan Hills)를 약자로 표시하고, 발견된 해인 1984년에서 84를 따고, 그 지역에서 발견된 운석들의 일련번호(001)를 붙인 거야.

역시 화성에서 온 '야마토 운석(Yamato 000593)'은 남극의 야마토 산 부근에서 발견된 것으로, 과학자들은 운석의 결 사이에 있는 동그란 작은 형태들이 생명 현상과 연관이 있을 것으로 보고 있어.

또 2011년 사하라 사막에서 발견된 'NWA(Northwest Africa) 7034'는 무게가 약 320그램 정도 되는데, 이 운석은 화성의 가장 최근 지질 연대인 아마조니안 초기에 해당하는 21억 년 전에 만들어진 것으로 밝혀졌어.

남극의 앨런 힐스

남극의 야마토 산

아프리카 사하라 사막

그러니까 생각해 봐. 범인이 보낸 협박 편지에는 세 곳의 지명이 쓰여 있었는데, 이것이 **화성 운석의 이름**임을 알아차려 폭탄을 찾을 수 있었지. 또 폭탄을 멈추는 비밀번호가 **운석의 이름 뒤에 붙는 숫자**임을 알아내 폭탄이 터지는 걸 막을 수 있었어. 정말 다행이지?

특별 활동

CSI, 함께 놀며 훈련하다!

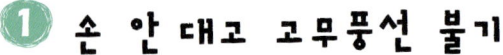

① 손 안 대고 고무풍선 불기

손을 안 대고 어떻게 고무풍선을 불 수 있냐고? 열에 의한 부피의 변화를 이용하면 되지.

• 준비물 •
뜨거운 물   얼음   고무풍선
페트병(1.5L)   대야

❶ 고무풍선을 몇 번 불었다 공기를 빼 미리 좀 늘려 놓는다.

❷ 페트병 입구에 고무풍선을 씌운다.

❸ 뜨거운 물이 담긴 대야에 페트병을 넣고 풍선의 변화를 본다.

❹ 얼음물이 담긴 대야에 페트병을 넣고 풍선의 변화를 본다.

뜨거운 물이 담긴 대야에 넣으니까 풍선이 부풀어 오르지? 열을 받아 페트병 안에 있던 공기의 부피가 늘어났기 때문이야. 반대로 얼음물이 담긴 대야에 넣으면 냉각되면서 공기의 부피가 줄어들어 풍선이 쪼그라들지.

② 동전 실험

동전도 금속이어서 열을 받으면 부피가 늘어나. 정말인지 확인해 볼까? 위험하니까 꼭 어른과 함께해.

① 철사를 동전에 감아 동전과 크기가 같은 고리를 만든다.

② 초를 양초꽂이에 꽂고 불을 붙인 뒤 집게로 동전을 잡고 촛불에 댄다.

③ 달궈진 동전을 철사 고리에 넣어 본다.

가열하기 전에는 꼭 맞았는데, 가열하고 나니까 동전이 고리에 들어가지 않지? 열을 받아 동전의 부피가 늘어났기 때문이야. 물론 동전이 식으면 부피가 줄어들기 때문에 다시 고리에 들어가지.

태산이랑 함께하는 신기한 놀이

1 고무찰흙 배 만들기

배가 물에 뜨는 원리를 알아볼까? 고무찰흙으로 배를 만들어 보면 돼.

어때? 같은 크기의 고무찰흙 덩어리니까 두 개의 무게는 같아. 그런데 뭉친 채로 넣은 건 가라앉는데, 배 모양으로 넓게 편 것은 물 위에 뜨는 걸 볼 수 있어. 물에 닿는 부피가 커지면 부력이 커지기 때문이지.

❷ 잠수함의 원리

잠수함이 무게를 조절해서 물에 떴다 가라앉았다 하는 원리를 알아볼까?

처음엔 가라앉아 있던 페트병이 조금씩 떠오르는 것을 볼 수 있지? 빨대로 공기를 불어 넣어주면 병 속의 물이 줄어들고 대신 공기가 들어가서 가벼워져. 그럼 무게가 가벼워지니까 떠오르게 돼. 다시 병 속에 물이 차면 가라앉지. 이게 바로 잠수함이 떴다 가라앉았다 하는 원리야.

마리랑 함께하는 신기한 놀이

❶ 콩팥이 노폐물을 거르는 원리

콩팥은 혈액 속 노폐물을 거르고 깨끗한 혈액만 우리 몸 곳곳으로 돌려보내. 어떻게 거르는지 알아볼까?

준비물
물, 500mL 페트병, 칼, 망사, 고무줄, 후추, 소금, 팥

❶ 페트병을 반으로 자른다.

❷ 주둥이에 망사를 대고 고무줄로 고정한다.

❸ 남은 페트병 위에 위쪽 페트병을 거꾸로 놓는다.

❹ 물에 후추, 소금, 팥을 섞어 붓는다.

걸러진다

이 실험에서 팥은 혈액, 후추는 노폐물을 뜻해. 밑으로 내려오는 물을 관찰해 봐. 팥은 그대로 남고 소금과 후추가 섞인 물만 빠져나오지? 이처럼 콩팥은 혈액에 섞인 노폐물을 걸러 몸 밖으로 내보내는 마치 체와 같은 역할을 하는 거지.

2 땀에 소금이?

땀과 오줌은 성분이 거의 비슷해. 대부분 물이고, 소금과 노폐물이 섞여 있지. 정말 땀에 소금이 있는지 확인해 볼까?

어때? 짠맛이 나지? 땀 닦은 검은색 색종이를 햇볕에 말리면 하얀 얼룩이 남는 것을 볼 수 있어. 땀에 포함되었던 물기는 다 증발되고 소금기만 남은 거지. 땀을 너무 많이 흘리면 수분이 많이 빠져나가 몸에 좋지 않아. 이럴 땐 꼭 수분을 보충해 줘야 해.

하수랑 함께하는 신기한 놀이

❶ 혜성 꼬리의 방향은?

혜성의 꼬리는 항상 태양의 반대편을 향해 생겨. 그 이유는 뭘까? 실험으로 알아보자.

혜성이 태양 가까이에 가면 혜성을 이루는 물질이 태양의 빛과 태양에서 날아오는 입자에 의해 뒤로 밀려 나가게 되는데, 이것이 혜성의 꼬리처럼 보이는 거야. 이때 꼬리는 태양풍의 영향을 받아 항상 태양의 반대 방향으로 생기게 되지.

❷ 화성에도 물길이 있을까?

옛날 사람들은 망원경으로 화성을 보고 화성에 운하가 있다고 생각했어. 하지만 최근 성능 좋은 망원경으로 관측해 보니 없었지. 이유가 뭘까?

준비물: 빨간색 색지, 검은색 잉크, 붓, 쌍안경, 컴퍼스, 가위, 셀로판테이프

❶ 붓에 검은색 잉크를 묻힌 후, 색지에 흩뿌린다.
❷ 잉크가 마르면 컴퍼스로 지름 15cm의 원을 그린다.
❸ 원을 그린 색지를 잘라 벽에 붙인다.
❹ 3m 정도 떨어져 쌍안경을 흐릿하게 해서 본다.

점들이 연결돼 마치 긴 선처럼 보이지? 옛날 사람들은 화성의 가는 선 무늬를 보고 운하라고 생각했어. 알고 보니 크레이터(행성이나 위성 표면의 움푹 파인 구덩이)를 성능이 안 좋은 망원경으로 봐 착시를 일으킨 거였지. 1965년 매리너 4호가 화성 옆을 지나면서 찍은 사진에는 운하가 없었대.

찾아보기

SD 카드 43

ㄱ
강아지가 다리를 들고 오줌을 누는 이유 109
공기 중의 부력 84
과민성 방광 110, 112
기찻길의 틈새 30

ㄴ
노스웨스트 아프리카 운석(NWA 7034) 154, 159, 171

ㄷ
땀이 나오는 과정 130

ㅁ
마이크의 원리 65

ㅂ
바이메탈 28, 50
바이메탈의 원리 30, 50~51
방광 110
배가 뜨는 원리 89~90
배설 128
배출 128
부력 82, 84, 88~91

ㅇ
아르키메데스의 원리 89
앨런 힐스 운석(AHL 84001) 154, 159, 171
야마토 운석(Yamato 000593) 154, 159, 171
열에 의한 부피 변화 48
열팽창률 28, 49
오줌에 나타나는 과학적 증거 108~109, 131
오줌이 겨울에 더 자주 마려운 이유 120
오줌이 나오는 과정 129~130

우리나라 최초의 달 운석 159
운석 154, 168
운석의 중요성 170
운석의 특징 169
유성(별똥별) 154
유성체 154, 168

ㅈ
자동 온도 조절 장치 28, 50~51
잠수함의 원리 90~91

ㅎ
혜성 154
화성에서 온 운석들 154, 171